KB048183

평범한 대화

평범한 대화

2022년 1월 14일 초판 1쇄 펴냄

지은이 유인비

펴낸이 공재우
펴낸곳 도서출판 흠영 **등록** 2021년 9월 9일 제2021-000171호
주소 경기도 고양시 일산동구 정발산로 43-20 센트럴프라자 301호(장항동)
전화 010-3314-1755 **전송** 0303-3444-3438
전자우편 manju1755@naver.com **블로그** blog.naver.com/manju1755
인스타그램 instagram.com/heumyeong.press

편집 공재우 심온결
디자인 SUN
인쇄 넥스프레스 **제책** 민성사

ISBN 979-11-976400-0-1 03810

평범한 대화

유인비 에세이

자폐성 장애인의 실화를 바탕으로 제작된 영화 〈말아톤〉을 본 사람이라면 초원이를 기억할 것이다. 그렇다면 초원이의 비장애 형제로 나온 남동생의 이름을 기억하는 사람은 있을까? 초원이의 엄마 아빠를 기억하는 사람은 있어도 초원이의 동생을 기억하는 사람은 거의 없을 것이다.

학교를 배경으로 하는 수많은 이야기에 교사들이 등장한다. 주요 교과 교사뿐 아니라 음악 교사, 보건교사, 계약 형태에 따라서는 기간제교사까지, 다양한 모습이다. 그러나 미디어에서 특수교사는 좀처럼 찾아보기 어렵다. 이 글을 읽는 당신은 특수교사에 대해 얼마나 알고 있는가.

초원이의 동생 이름은 '중원'이다. 많은 이들의 기억에 남지 않았을진 몰라도 중원이 또한 장애 가족의 구성원으로서 제 몫을 다하며 살아가는 인물이다. 특수교사는 장애를 가진 학생을 비롯해 다양한 교육적 요구를 가진 학생들을 가르치는 교사를 말한다. 많은 이들의 관심 밖에 있을지라도 각자의 자리에서 다양한 아이들과 부대끼며 열심히 살아가고 있다.

이러한 이야기를 먼저 쓴 이유는, 내가 바로 세상에 잘 드러나지 않는 '중원'이자 '특수교사'이기 때문이다. 나에게는 지적장애를 가진 남동생이 있다. 그 말인즉 어렸을 때부터 장애를 가진 형제와 함께 '중원'이의 삶을 살아왔다는 것이다. 내 동생은 백일이 지났을 무렵 작은 사고로 인해 경련을 일으켰는데 여러 병원을 옮겨 다니는 동안 적절한 조치를 받지 못해 뇌손상을 입고야 말았다. 그렇게 지적장애를 가지게 된 동생과 나는 30년이 넘는 세월 동안 엎어지고 넘어지며 함께 성장했다.

어렸을 적 나는 어른스럽고 책임감이 강한 아이였다. 타고났다기보단 철저하게 환경에 의해 만들어진 애어른이었다. 동생을 대신하여 두 명 몫을 해내려고 애썼고, 해야 할 일은 누가 시키지 않아도 스스로 했다. 그런 나를 보고 주변에서는 이렇게 말했다. "누나라도 잘해서 다행이네." "네가 잘해야 너희 엄마 아빠가 버티지." "네가 동생이랑 부모님 잘 지켜야 해." 알게 모르게 나를 묶는 사슬과 같은 말들이었는데,

어렸을 때는 칭찬과 격려인 줄로만 알고 이런 말을 들으면 뿌듯해했다. 나의 경험과 정서가 또래와 많이 다르다는 것을 알게 된 것은 시간이 많이 흐른 뒤였다.

나는 동생의 영향으로 특수교사가 되었다. 장애에 대해 공부해야 한다는 부담감이 약간의 동력이 되었다. 특수교사가 된다면 동생을 깊이 있게 이해하고 나이가 들어서도 끝까지 동생과 함께할 수 있으리라고 생각했다. 물론 어렸을 때부터 장애가 있는 아이들과 함께해 왔으니 잘할 수 있을 것이라는 자신도 있었다. 그렇게 몇 번의 도전 끝에 특수교사가 되었다. 몸은 고됐지만 아이들과 함께할 때 특별한 보람과 기쁨을 느꼈다. 말을 하지 못하는 아이와 눈빛으로 교감할 때, 담임이라는 이유만으로 내가 가장 좋다고 할 때, 늘 빨대만 사용하던 아이가 컵으로 물을 꼴깍 삼켰을 때. 부모가 아니면 느낄 수 없는 그런 행복과 벅차오르는 감정을 특수교사가 된 덕에 알게 되었다.

그런데 장애인의 형제로 살며 겪을 수밖에 없던, 내가 그늘진 감정을 품을 수밖에 없게 만들었던 차별과 혐오의 시선이 특수교사의 삶에도 동일하게 존재했다. "일반교사가 못 되니까 장애아들이나 가르치는 것 아냐?"와 같은 무시는 기본이었고 "장애아들 때문에 먹고사는 직업" "선생이라는 사람이 애도 제대로 못 본다."는 차디찬 말도 들어야 했다.

마음이 무척이나 힘들었다. 아주 작은 동그라미 안에 갇혀 옴짝달싹하지 못하는 기분이었다. 장애인의 형제와 특수교사. 양쪽의 삶을 향해 쏟아지는 부정적인 시선에 압사할 것만 같았다. 그러던 중 장애인의 비장애 형제들을 인터뷰한 몇 편의 논문을 읽게 되었다. 그 논문들을 읽으며 절실한 공감의 눈물을 흘렸다. 혼자가 아니구나. 나만 이런 감정으로 살아온 게 아니구나. 나는 그 누구에게도 받지 못한 위로를 논문에서 얻었다. 이후 나는 내가 겪은 이야기를 글로 남겨 두기 시작했다. 혹시라도 나와 비슷한 누군가가 내 글을 읽으며 위로받지 않을까, 혼자가 아니라는 안도감을 얻지 않을까 하면서 말이다.

장애인의 가족으로 살아가는 것 혹은 특수교사로 살아가는 것을 자신은 죽었다 깨어나도 못 할 것이라 말하는 사람들이 있다. 비극적인 인생이라 생각하는 것일까. 왜 그것이 죽었다 깨어나도 하지 못할 만큼 극한의 것이라 생각하는지 모르겠다. 비장애와 일반교사를 평범함이란 범주에 넣어 놓고 장애와 특수교사를 평범하지 않다 여기는 것. 비장애는 감사한 것이고 장애는 불쌍한 것으로, 일반교사는 좋은 직업(profession)인 반면 특수교사는 좋은 일(vocation)로 여기는 선입관 때문은 아닐까.

평범하다는 것은 무엇일까. 나는 정말 평범하지 않은 인생을 살고 있는 걸까? 이 글을 읽는 당신은 스스로 평범하다고 생각하는가? 평범한 대화에 끼이지 못한 적이 있다. 다른 이들이 대수롭지 않게 나누는 평범한 대화. 당신도 분명 그런 적이 있을 것이다. 빈틈없이 평범한 사람은 존재할 수 없으니. 나는 이 글을 읽는 독자들이 모든 평범한 대화에 참여하기를 바라는 게 아니다. 다만 평범하다고 치부하는 것에 설령 끼이지 못한다 하더라도 좌절하지 않기를, 상처받지 않기를 바랄 뿐이다.

책을 내며, 나의 삶에 지대한 영향을 준 내 동생과 부모님에게 먼저 감사를 전한다. 동생이 없었다면 이 글은 물론이고 지금의 '나'라는 존재 또한 없었을 것이다. 30년이 넘는 세월 동안 육아에 자신의 모든 것을 갈아 넣고 있는 어머니에게도 감사드린다는 말을 꼭 하고 싶다. 그리고 특수학교와 특수학급에서 나와 함께한 우리 아이들에게도 그리움과 사랑을 전한다. 아이들 덕분에 부모의 마음을 조금이나마 헤아릴 수 있게 되었고, 어디서도 받지 못할 순수한 사랑을 오롯이 받을 수 있었다. 나를 자라게 하고, 내가 성숙할 수 있도록 도와주신 분들이 헤아릴 수 없을 정도로 많지만 여기에서 한 분 한 분 모두 언급하긴 어려워 마음으로나마 감사를 전한다. 마지막으로, '너의 상처가 반짝반짝 빛나는 별이 되게 해 주겠노라.' 약속하신 하나님께 모든 감사를 올린다.

차례

당신의
마음으로

특수교사의 길로 들어서며 어떤 교사가 될 수 있을까 생각한 적이 있다. 수업을 가장 잘하는 교사가 될 자신도 없었고, 아이들에게 사랑만 가득가득 줄 자신도 없었다. 그러던 어느 날 그런 생각이 들었다. 다른 건 몰라도, 학부모의 마음을 알아주는 것만큼은 누구보다 잘할 수 있지 않을까.

내 동생은 특수학교에 다녔는데 학교생활을 묻는 나의 질문에 어떤 대답도 하지 못했다. "오늘은 학교에서 무슨 공부 했어?" "급식에는 어떤 반찬이 나왔니?" "무릎에 상처는 어쩌다 생긴 거야?" 비단 내 동생만의 문제가 아니리라. 발달장애 아이들 중에 이런 질문에 구체적으로 답할 수 있는 아이가 과연 몇이나 될까. 장애가 없다면 유치원생들도 답할 수 있는 질문이자 가족이라면 누구나 궁금해할 만한 내용이지만, 우리 아이들은 시원하게 답하지 못할 때가 더 많다. 그렇기에 알림장을 좀 더 꼼꼼하게 쓰고, 사진도 자주 보내 드리고, 아이들의 기분이나 감정도 좀 더 세밀하게 살펴서 얘기해 드려야겠다 다짐했다.

어느 날 한 학생의 어머님이 학부모 상담 중 하염없이 우셨다. 자폐를 가진 딸이 가엽고 어떻게 키워 내야 할지 너무 막막하다고. 게다가 비장애인 큰딸이 가족에게서 도망치고 싶어 한다고, 가슴속 응어리를 쏟아 내시면서 말이다. 나도 같이 눈물을 흘렸다. 그리고 용기를 내서 커밍아웃을 해 버렸다.

"어머님, 저도 사실은 지적장애를 가진 동생이 있어요. 저희 집도 그랬어요."

이 말이 내 입에서 떨어지자마자 어머님은 놀란 눈을 하며 눈물을 그치셨다. 그렇게 이런저런 얘기를 한 후 자리에서 일어나시며 어머님이 나에게 감사 인사를 전하셨다.

"선생님, 오늘 진짜 큰 위로가 되었어요. 고맙습니다. 저희 큰딸도 특수교사가 되면 너무 좋을 것 같아요."

지독히도 힘들었던 나의 이야기가 누군가에겐 위로가 될 수 있구나. 처음 마음먹은 대로 학부모의 마음을 잘 알아주는 특수교사가 되고 있구나. 잠깐 그런 생각이 스쳤다. 치기 어린 자신감이었는지도 모르겠지만 말이다.

　나만 겪는 낯선 경험이라 생각하면 한없이 두렵고 막막하지만, 나와 비슷한 경험을 가진 사람이 단 한 명이라도 곁에 있다면 두려움을 이겨 낼 수 있는 힘을 얻게 된다. 특수교사로서의 삶도, 비장애 형제로서의 삶도 걸어온 길보다 가야 할 길이 더 멀다. 또한 경험이 있다고 해서 그 모든 것을 다 알 수도 없다. 그래도 그 슬픔을, 겪어 본 사람으로서 조금은 달래 줄 수 있지 않을까 생각한다.

죄책감

요즘 새롭게 읽는 책이 있다. 『나는 여전히, 오늘도 괜찮지 않습니다』(한울림스페셜)라는 책인데, 뇌병변 장애가 있는 언니를 둔 케이트 스트롬이 비장애 형제들의 이야기를 담은 책이다. 전반부에서 비장애 형제들이 공통적으로 겪는 일과 그들이 느끼는 감정을 주로 다루었는데, 거기에 많은 비장애 형제들이 죄책감을 가지고 살아간다는 내용이 나온다.

"나만 즐겁게 지내는 게 정말 힘들었다. 나 혼자 너무 많은 것을 가진 것에 대해 죄책감을 느끼곤 했다. 나는 지금까지도 죄책감이 문제다."

죄책감의 사전적 정의는 '저지른 잘못에 대하여 책임을 느끼는 마음'이다. 하지만 이런 정의와 달리 나는 아무런 잘못을 저지르지 않았음에도 시시때때로 죄책감에 억눌리곤 했다. 지적장애를 가진 동생을 미워했을 때나 몰래 때려 주었을 때에야 죄책감을 느끼는 게 당연했다. 그런데 그저 다른 이들처럼 잠시 일상 속 행복을 느낄 때도 죄책감이 종종 마음 깊숙한 곳에서 스멀스멀 올라와 나를 책망했다. '엄마랑 동생은 이런 곳에서 밥 한 번 못 먹어 봤을 텐데.' '헬스장이 어떤 곳인지는 알까?' '해외여행도 한 번 못 가 봤지…'

유독 여행을 떠날 때 내 마음은 심각해졌다. 나는 방학을 이용해 종종 해외여행을 가곤 했는데, 여행을 계획하는 순간부터 시작해서 여행을 하는 동안, 그리고 여행을 다녀와서도 얼마간은 계속해서 죄책감에 시달렸다. 그 죄책감은, 엄마와 동생은 단 한 번도 해 보지 못한 해외여행을 나만 하고 다닌다고 스스로를 이기적이라 책망했던 데서 비롯되었다. 거기에 종종 엄마가 내뱉는 푸념 섞인 한탄도 한몫했다.

"이렇게 좋은 세상, 나랑 우리 아들은 누리지도 못하고 갇혀 있네."

이 말을 들으면 괜히 억울했다. 휴일을 맞으면 유명하다는 카페에 데려가기도 하고, 평소에 봐 둔 유원지에 나들이도 가고, 드라이브도 시켜 주고, 내 나름대로 한다고 했는데 말이다. 엄마의 그 한탄이 마음에 박혔는지, 여행을 갈 때가 되면 엄마와 동생은 집에서 고립된 삶을 사는데 나만 호사를 누린다고 생각하며 나도 모르게 엄마의 눈치를 살피곤 했다.

그런데 반전은 죄책감을 느끼면서도 꾸역꾸역 해외여행을 다녔다는 것이다(죄책감보다 여행하고자 하는 욕구가 더 컸나 보다). 그리고 그 죄책감을 조금이나마 덜고자 여행지에서 꽤 고가의 선물을 사다 엄마와 동생에게 바쳤다. 이러면 나의 여행 뒤에 엄마에게도 남는 게 있으니 엄마도 기분이 좋을 것이라고 여기면서 말이다.

'아니, 그럼 엄마랑 동생을 데리고 해외여행을 한번 다녀오면 되지 않느냐?'라고 물을 수도 있겠다. 엄마와 동생을 동반한 해외여행을 계획해 보지 않은 것은 아니다. 핑계로 들리겠지만, 아무리 생각해도 제약이 너무 많았다. 일단 세 명의 여행 경비를 부담하기엔 내 주머니 사정이 여의치 않았다. 게다가 동생이 비행기에서 오랜 시간을 견딜 수 있을지 걱정이 됐고, 동생의 상동행동으로 외국인들의 이목을 끌고 싶지도 않았다. 예상치 못한 돌발 상황에 대한 두려움도 컸다. 여행지에서 동생이 갑자기 대변을 보고 싶어 하는 상황만 상상해 봐도 앞이 캄캄해졌다. 말도 잘 안 통하는 외국에서 성별이 다른 동생과 내가 함께 들어갈 수 있는 화장실을 찾아야 한다는 것부터 난관인데, 내가 화장실을 찾는 동안 동생이 볼일을 참을 수 있을지에 대해서도 확신이 없었다.

특별할 것 없어 보이는 일상도 선망의 대상이 되는 이들이 있다. 또 그런 평범한 일상을 누릴 때마다 죄책감을 느끼는 이들도 있다. 그런데 우리에겐 아무 잘못이 없다. 장애를 가진 형제를 둔 게 죄가 될 수 없으며, 그로 인해 잠깐의 여유조차 없는 삶을 살아야 할 이유도 없다. 물론 온 가족이 함께 즐거움을 누릴 수 있다면야 더할 나위 없이 좋겠지만, 그럴 수 없다고 해도 그것이 누군가의 책임이 될 순 없는 것이다.

이 글을 쓰며 스스로에게 묻는다. 내가 죄책감에서 벗어날 수 있을까. 극적인 영화나 드라마라면 끝내 죄책감에서 벗어나 다른 사람들처럼 일상에서 행복을 찾으며 해피엔딩으로 끝날지도 모른다. 그런데 냉정하게 말해서 나는 그럴 순 없을 것 같다. 오랜 시간이 흘러 엄마와 동생이 천국에 가고 난 후에도, 나는 종종 깊숙한 곳에서 튀어나오는 죄책감과 마주하게 될 것이다. 다만 의미 없는 죄책감에서 조금이나마 벗어날 수 있기를, 그런 죄책감으로 인해 마땅히 누릴 수 있는 일상의 즐거움을 포기하는 일이 일어나지 않기를 바란다. 또한 엄마와 동생도 그런 일상의 즐거움을 누릴 수 있기를, 내가 거기에 보탬이 될 수 있기를 바란다.

우리 아이에게는
장애가 있어요

아직도 지하철을 탈 때면 불현듯 생각나는 일이 있다. 내가
초등학교 저학년 때 일이다. 엄마와 동생과 함께 지하철을 타
려고 플랫폼에 서 있었다. 열차는 금방 들어왔고 문이 열리자
꽤 많은 사람들이 내리기 시작했다. 그런데 그사이를 기다리
지 못한 내 동생이 하차하는 사람들 틈을 비집고 들어가 빈
좌석에 앉아 버렸다. 그때 한 할아버지가 엄마에게 호통치기
시작했다. 자식 교육을 어떻게 했길래 공공질서도 모르고 망
아지처럼 행동하냐고, 가정에서 제대로 교육을 해야 할 것 아
니냐면서 큰 소리로 엄마를 혼냈다. 할아버지 눈에는 그저 버
릇없는 아이로 보였을 것이다.

나는 속으로 생각했다. "제 동생에게 장애가 있어서 그래요. 할아버지는 알지도 못하면서 왜 소리를 질러요?"라고 말해 버릴까? 이렇게 말하면 할아버지도 무안해지겠지? 우리에게 면박 줬던 것을 그대로 돌려받을 거야. 그러나 나의 어린 생각과 달리 엄마는 아무 변명도 하지 않고 "죄송합니다."란 말만 되풀이하며 머리를 수그렸다. 엄마는 왜 우리 아이에게 장애가 있어서 그렇다고 말하지 않았을까? 처음 본 할아버지에게 상황을 설명하며 마음 아픈 얘기를 꺼내고 싶지 않아서였을까? 아니면 빨리 사과를 하고 그 상황을 끝내고 싶어서였을까?

시간이 지나 나이를 먹고 나니, 나도 양해를 구하기 위해 모르는 사람에게 일일이 동생의 장애를 설명하는 일을 멈추게 되었다. 내가 그 말을 했을 때 받게 되는 낯선 동정의 시선이 썩 좋지 않았고, 한편으로는 나에게 오는 "아이고, 누나가 기특하네. 힘들텐데…"라는 칭찬으로 둔갑한 연민이 싫었다. 그냥 동생이 이상한 소리를 내거나 돌발행동을 하지 않도록 단속하고 꼭 붙들고 있는 것으로 나의 소임을 다하였다. 20여 년 전 엄마의 감정을 알 것도 같았다.

그런데 참 이상한 일이 생겼다. 특수교사가 되고 나서 장애학생들을 인솔하고 지하철을 타는 일이 종종 있었는데, 이전과 아주 흡사한 상황인데도 불구하고 나의 감정과 태도가 전혀 달랐다. 우리 반 아이들이 상동행동을 하거나 돌발행동을 하면 내 입에서 "죄송합니다. 장애가 있는 친구라서요."라는 말부터 반사적으로 튀어나왔다. 부끄러움도 전혀 느끼지 못했다. 나는 그 말로 승객들에게 양해를 얻음과 동시에, 내가 하고 있는 일이 장애가 있는 아이들과 함께하는 것임을 은근슬쩍 알렸다. 그러면 어떤 분들은 우리 아이들에게 자리를 양보해 주셨고, 나에게 "아이고, 좋은 일 하시네요." "쉽지 않은 일 같은데 대단하세요."라며 칭찬을 해 주시기도 했다.

무엇이 달라진 것일까? 분명 장애가 있는 아이와 지하철을 탄 똑같은 상황이다. 그런데 우리 반 아이들과 함께였을 때는 아무렇지 않게 할 수 있던 그 말이 왜 내 동생과 함께였을 때는 나오지 않았을까. 왜 스스로 주눅 들고, 숨기고, 단속했던 것일까. 돌발행동은 내 동생보다 우리 아이들이 더 크게, 더 많이 했는데도 말이다. 물론 나는 예전보다 더 성숙한 상태에서 우리 아이들을 만났다. 그러나 그 이유 때문만은 아니었다. 가장 큰 차이점은, 내 삶과 얼마나 밀착되어 있는가였다.

특수교사로서의 삶도 나의 소중한 '일부분'이다. 그렇지만 '특수교사'라는 단어를 내 삶에서 떼어 놓는 것이 불가능한 것은 아니다. 그렇기에 지하철에서 특수교사로서 했던 말에는 '나는 지금 일하는 중일 뿐이야. 나를 동정하지 않아도 괜찮아.'라는 의미가 내포되어 있었을 것이다. 그러나 가족의 입장은 다르다. 가족, 특히 장애인의 가족으로서의 삶은 결코 '일부분'이 아니다. 특수교사라는 직업처럼 뚝 떼어 놓고 생각할 수 없는 거대한 영역인 것이다.

내 동생의 장애를 바라보는 사람들의 낯선 눈빛이 고스란히 누나인 나에게까지 오는 것이 싫었던 것 같다. 그렇기에 그 말을 하는 것이 그토록 어려웠던 게 아닐까. 날 동정의 눈빛으로 바라본 게 아닐 수도 있는데, 분명 다들 그렇게 바라볼 것이라고 혼자 지레짐작한 걸지도 모르는데도 말이다.

"제 동생에게는 장애가 있어요." 이 말은 긍정도 부정도 아닌 사실 그 자체를 전달하는 말이다. 그런데 그 말을 내뱉는 사람의 마음은 늘 무겁다. 시간이 흐르면서 많이 나아지긴 했지만 여전히 나에게는 꺼내기 어려운 말이다. 나는 언제쯤 이 말을 아무렇지 않게 할 수 있을까. "내 동생은 키가 커." "내 동생은 쌍꺼풀이 있어." "내 동생은 반곱슬이야." "내 동생은 말랐어." 이런 말처럼 두근거림 없이, 무게감 없이, 아무렇지 않게 말이다.

장애인의 가족

장애인 등에 대한 특수교육법

제28조(특수교육 관련서비스) ① 교육감은 특수교육대상자
와 그 가족에 대하여 가족상담, 부모교육 등 가족지원을
제공하여야 한다. 〈개정 2019. 12. 10.〉

장애인 등에 대한 특수교육법 시행령

제23조(가족지원) ① 법 제28조 제1항에 따른 가족지원은
가족상담, 양육상담, 보호자 교육, 가족지원프로그램 운영
등의 방법으로 한다.

② 제1항에 따른 가족지원은 「건강가정기본법」 제35조에

따른 건강가정지원센터, 「장애인복지법」 제58조에 따른 장애인복지시설 등과 연계하여 할 수 있다.

장애인 등에 대한 특수교육법에서는 가족 지원에 대해 이렇게 명시해 두고 있다. 이에 따라 특수교육 대상 학생의 가족들은 가족 상담, 보호자 교육 등 다양한 프로그램을 통해 지원을 받을 수 있다. 장애 당사자뿐 아니라 그들의 가족에게까지 지원 범위가 점차 넓어지고 있는 것이다. 개인적으로 정말 필요한 변화이자 바람직한 현상이라 생각한다. 다만 특수교사로 교육 현장에 있다 보니, 그 '가족 지원'이 장애 학생의 부모에게로 한정되는 경우를 많이 본다. 안타깝다. 장애인의 가족은 부모뿐이던가?

이전의 패러다임 안에서 보면 부모 교육에 집중한 것은 옳은 일이었다. 아이에게 장애가 있다는 것을 알게 되면 두려움과 좌절감, 무기력함에 매몰될 수 있다. 이러한 심리적 문제를 해결해 주고 그들이 장애아의 부모로서 겪는 고충을 위로하며 적절한 양육 방법을 알려 줘야 했기에 그것은 반드시 필요했다. 비슷한 상황에 놓인 부모들 간의 적극적인 소통도 필요했다. 그리하여 장애인부모회 같은 자조 모임이 많이 만들어졌다. 아무것도 없던 시기, 힘든 상황에도 불구하고 이러한 기반을 다진 수많은 부모님, 보호자님 들에게 존경의 박수를 보낸다.

문제는 아직까지도 교육청이나 복지관, 관련 기관에서 시행하는 가족 지원 프로그램의 대부분이 '학부모 연수' '부모 교육'이란 이름을 달고 있다는 것이다. 학교로 들어오는 수많은 공문에서도 이를 확인할 수 있다. 간혹 장애 학생의 형제를 위한 프로그램을 실시한다고 협조 요청이 오곤 하는데, 그마저도 사설 복지관에서 진행하는 일회성 가족 캠프가 대부분이다.

나는 장애 학생들의 형제를 위한 심리 상담 등의 프로그램과 지속적인 지원이 반드시 필요하다고 생각한다. 어린아이가 사고를 당하는 것과 성인이 사고를 당하는 것의 차이를 생각해 보자. 사고를 당하면 나이와 관계없이 상처와 손해를 입는다. 다만 성인은 사고를 당했을 경우 사고의 원인과 과정을 파악하고 대처할 수 있다. 물론 적합한 대처가 될 수도 있고 잘못된 대처가 될 수도 있지만 말이다. 그러나 어린아이의 경우 이 사고가 왜 일어났는지, 앞으로 무엇을 해야 하는지 등을 알 수 없다. 그저 혼돈 속에서 눈물 흘리는 것 외에는 할 수 있는 게 없을 수도 있다.

장애 형제를 만나고 함께 살아간다는 것은 어쩌면 사고와 같은 것일지도 모른다. 물론 부모에게도 그렇다. 자신의 아이가 남들과 조금 다르다는 것을 알게 되었을 때 어떤 심정이었겠는가. 세상이 무너지는 듯했을 것이다. 그래도 그들로서는 스스로 판단하고 계획하고 행동할 수 있는 성인이 되고 나서 겪는 어려움이다. 그러나 장애 형제를 둔 비장애 아이들은 그렇지 않다. 그들에게는 미처 다 자라지 못한 상태의 유아기 혹은 아동기에 맞닥뜨리는 어려움이다. 내 형제는 어디가 아픈 것인지, 왜 이상한 행동을 하는지, 왜 자신과 대화할 수 없는지, 시간이 지나면 괜찮아지는지, 엄마와 아빠는 왜 맨날 우는지 그들은 자세히 알 수 없다. 허허벌판에서 그저 맨몸으로 받아들여야 하는 시련인 것이다.

그렇기에 장애 형제를 둔 이들에게도 때에 맞는 지원이 필요하다. 자신의 형제의 상태를 명확히 알려 주고 이 장애를 무엇이라 부르는지 알려 줄 사람이 필요하다. 장애 형제를 대하는 법을 교육해 줄 프로그램이 필요하다. 장애 형제가 그들의 물건을 망가뜨리고 그들을 향해 폭력적인 행동을 할 때 그들의 상처를 치유해 줄 심리치료가 필요하다. 그들의 부모님이 장애 형제를 데리고 치료실, 병원에 다니느라 그들을 돌봐 줄 여력이 없을 때 그들과 함께 있어 줄 누군가가 필요하다. 부모님이 장애 형제와 그들을 차별한다고 느낄 때, 가족들의 과도한 기대로 인해 압박감을 느끼게 되었을 때 그들의 이야기를 들어 줄 상담사가 필요하다. 장애 형제와 같은 학교를 다니게 되었을 때 그들의 상황을 알아주고 그들을 도와줄 친구, 선생님, 학교 직원 들이 필요하다.

　혹시 이 글을 읽고 있는 나와 비슷한 누군가가 있다면, 그 고된 여정을 잘 견뎌 낸 그대를 응원하고 격려한다. 만약 그 사고로부터 자신을 도와줄 사람을 만나지 못했거나 여전히 그 사고 현장 속에서 피 흘리며 신음하고 있는 사람이 있다면, 조심스레 위로를 건넨다. 당신이 아프고 힘든 건 당신이 약해서가 아니다. 그저 사고를 만났을 뿐이고, 적당한 때에 도움을 받지 못했을 뿐이다.

　힘들겠지만, 한 번 더 도움을 요청할 용기를 내길 바란다. 사회와 제도가 바뀌는 데는 오랜 시간이 필요하지만 용기를 낸다면 개인의 변화는 빠른 시간 안에 충분히 이뤄 낼 수 있다. 사고가 났을 때 보험사에 도움을 요청하고, 주변 사람들에게 물어보고, 인터넷에서 정보를 찾아보고, 병원이나 치료 센터에서 도움을 받기도 하는 것처럼, 적극적으로 손을 내밀어야 한다(실제로 나도 상담센터의 도움과 글쓰기를 통해 많이 회복했다). 적절한 도움은 우리의 많은 것을 변화시킨다고, 나는 여전히 믿는다.

귀뚜라미

한 중학교 국어 교과서에 「귀뚜라미」라는 시가 실려 있다. 이 시에는 세상의 주류 속에서 화려함을 뽐내는 매미와, 생존을 위협받는 위치에서 울음소리밖에 낼 수 없는 귀뚜라미의 대조적인 모습이 묵직하게 담겼다. 자신의 울음도 언젠가 누군가에게 노래가 되길 바라는, 어딘가 서글픈 귀뚜라미의 희망과 함께.

　어느 날 나와 친한 국어 선생님께서 한 아이의 학습지를 보여 주셨다. 그 학습지에는 이 시 「귀뚜라미」에 담긴 의미를 묻는 질문이 있었다.

Q. 내가 파악한 귀뚜라미는?
A. 외롭고 아무도 알아주지 않는다. 소리를 내어 자신의 존재를 알리고 싶어 한다.

Q. 우리 주변에서 귀뚜라미를 찾는다면?
A. 우리 오빠.

Q. 그 이유는?
A. 우리 오빠는 언어장애가 있다. 자기는 친구가 많이 있다고 생각하지만, 학교에서도 혼자 다니는 것 같고 외로워 보인다. 그리고 오빠가 힘든 것을 가족 외에 다른 사람은 알아주지 않는다. 이 시에 나오는 귀뚜라미처럼 오빠는 자신을 알리고 싶어 하고, 어려운 상황을 이겨 내려는 의지가 있기 때문에 귀뚜라미인 것 같다.

　이 아이의 오빠는 청각장애, 언어장애, 그리고 약간의 시각 문제를 함께 갖고 있는 중복장애 학생이었다. 이 남매는 같은 학교에 재학 중이었는데, 종종 학교에서 마주친 오빠의 모습이 귀뚜라미 같았나 보다. 나도 어릴 적 비슷한 경험이 있어서 그 아이의 마음이 더 와닿았다.
　나와 동생은 같은 초등학교에 다녔다. 어느 날 과학실에서 수업을 받고 있었는데 복도를 혼자 돌아다니는 동생의 모습이 보였다. 수업 시간이었기에 깜짝 놀라 동생을 붙잡고 싶었지만, 어린 마음에 선생님께 말씀드리지도 못하고 그저 멀어지는 동생의 모습만 보아야 했다. 지금 생각하니 동생의 그 모습이 마치 귀뚜라미 같다. 그리고, 아무런 말도 하지 못하고 눈으로만 동생을 좇았던 나의 모습도.

어떤 기준으로 매미와 귀뚜라미를 주류와 비주류로 나눌 수 있으며 우열을 가릴 수 있겠는가. 아직 귀뚜라미의 때가 오지 않은 것뿐이다. 나도 여전히 귀뚜라미의 모습을 하고 있는지도 모른다. 그렇기에 지금도 이렇게 글을 통해서 나의 울음을 전하고 있는 게 아닐까. 누군가에게 이 글이 노래가 되기를, 위로가 되기를 바라면서 말이다. 그렇다면 나는 과연 그 귀뚜라미들의 울음을 들을 수 있는 사람일까. 나도 별반 다를 바 없이 매미들의 화려함에 마음을 빼앗기고 그들을 동경하진 않았을까.

세상의 모든 귀뚜라미들에게 전하고 싶다. 울음을 멈추지 말기를, 그리고 서로의 울음에 귀 기울이기를. 언젠가 누군가의 가슴에 실려 가는 노래가 되도록 말이다. 매미의 계절인 여름은 지고 귀뚜라미의 계절인 가을이 완연하다.

'돼지'도
'진주'도 아닌걸

몇 년 전, 양털 점퍼가 크게 유행하던 시기였다. 특정 브랜드 몇몇에서 나온 양털 점퍼는 없어서 못 살 만큼 인기가 많았다. 나는 벼르고 벼르다가 동생에게 옅은 베이지색 양털 점퍼를 하나 선물했다. 값이 꽤 나가는 브랜드였지만 한 남자 연예인이 입고 있는 모습이 너무 멋진 바람에 그 모습을 상상하며 같은 양털 점퍼를 주문하게 되었다.

　양털 점퍼뿐만 아니라 종종 나는 또래의 청년들이 많이 하고 다니는 아이템을 동생에게 사 주곤 했다. 나이키 에어맥스가 한창 유행할 땐 동생 사이즈를 구하기 위해 신발 가게를 돌아다녔고, 조거팬츠가 유행할 땐 허리가 밴드로 된 조거팬

츠를 찾아 온갖 사이트를 돌아다녔다. 노스페이스 구스다운이 유행이었을 때도, 항공 점퍼가 유행이었을 때도 나는 동생에게 맞는 사이즈를 구하려고, 최저가를 찾으려고 인터넷을 몇 시간이고 뒤졌다.

별다른 이유는 없었다. 그저 또래 아이들이 입고 다니는 옷을 내 동생도 입어 보길 원했다. 장애가 있는 아이들은 트레이닝복만 입고 다닐 거라는 사람들의 선입관을 깨고 싶기도 했다. 여기에 더해, 집에서 신경 쓰는 아이라는 것을 보여주고 싶은 마음도 있었다. 그래서 나는 남동생에게 장애가 있기 때문에 더 꾸며 주고 더 깔끔하게 입히라고 엄마에게 당부하곤 한다(글을 쓰다 보니 이게 오히려 역차별인가 싶기도 하지만). 혹시나 지하철에서 다른 사람들이 내 동생 옆에 앉길 주저할까 봐, 지나가는 사람들이 애도 모자란데 행색이 저게 뭐냐고 수군거릴까 봐, 장애가 있는 아이라 집에서 신경을 안 쓴다고 오해할까 봐. 겉모습만 보고 판단하는 사람들이 일차원적인 것이지만, 그럼에도 나에겐 그들의 시선을 이겨 낼 용기도, 그 시선을 무시할 자신도 없었다.

학교에 있는 우리 아이들도 제 몸에 맞지 않거나 누가 봐도 나이에 맞지 않는 옷을 입고 등교하는 경우가 종종 있었다. 어머니가 입던 옷, 성별이 다른 형제가 입던 옷을 그냥 입힌 것 같았다. 머리도 빗지 않아 까치집을 지은 채로 오거나 떡이 진 채 학교에 오는 경우도 있었다. 버짐이 핀 허연 얼굴로 오는 아이들도 있었다. 그리고 가끔 학부모님들은 이렇게 말씀하시곤 했다.

"얘가 뭘 압니까? 좋은 것도 모르는데… 맨날 뭐 묻히고 해서 좋은 게 필요가 없어요. 그냥 돼지 목에 진주예요."

그렇게 교실에 온 아이들에게 나는 로션을 발라 주고 립밤을 발라 주었다. 머리를 감기고, 빗기고, 여유가 있을 땐 머리에 리본도 하나 달아 주었다. 형편이 좋지 못한 아이에게는 귀여운 캐릭터가 그려진 티셔츠를 두어 벌 선물하기도 했다. 그렇게 해 주고 나면 아이들은 웃음을 감추지 못한다. 어떤 아이는 하루 종일 교실 거울 앞에 서 있기도 했고, 어떤 아이는 교실에 들어오시는 선생님들 한 분 한 분에게 새 옷을 자랑하기도 했다. 모르는 게 아니라 다 알고 있었다.

우리 아이들도 좋은 거 다 안다. 예쁜 것, 깔끔한 것을 좋아하는 것은 본능일지도 모른다. 그리고 누구나 더 예쁜 모습이 되길 원한다. 아무것도 모르는 게 아니다. 모르는 것 같지만 본능적으로 다 느끼고 있고 알고 있다. 꼭 비싼 옷, 좋은 브랜드의 옷이 필요하다는 말이 아니다. 깔끔하고 단정한 것이라면 충분하지 않겠는가.

예전에 어떤 특수교사가 고3 학부모들에게 했던 말이 생각난다.

"우리 아이들도 이제 졸업하면 성인이니 좋은 양복 한 벌 꼭 사 주세요."

마음에 와닿는 말이었다. 물론 양복을 입기 어려워하는 아이들도 있을 것이다. '양복'은 하나의 상징일 뿐이다. 몸이 불편한 아이들도 쉽게 입을 수 있고, 단추나 지퍼를 잘 채우지 못하는 아이들도 편하게 입을 수 있는 예쁜 옷을 이제는 얼마든지 쉽게 살 수 있는 시대 아닌가. 아이가 좋아할 만한 예쁜 옷, 또래 아이들이 즐겨 입는 옷, 구멍이 나지 않고 색이 바래지 않은 깔끔한 옷. 혹시 이 글을 읽고 있는 보호자분이 계시다면 우리 아이들에게 꼭 한 벌 선물해 주셨으면 좋겠다.

교복 입은 모습이
보고 싶었어요

"어머님, 아이를 특수학교가 아닌 일반학교에 보내신 특별한 사유가 있나요?"

"우리 애 교복 입혀서 학교 보내 보고 싶었어요."

일반학교에 근무하는 특수교사들이 종종 듣는 말이다. 사실 나는 일반학교 특수학급에서만 받을 수 있는, 학부모님들이 특별히 원하는 교육이나 아이에게 필요한 지원 영역을 파악하기 위해 묻는 것인데, 학부모님들의 답이 소소할 때가 많다. 어느 날 다른 특수교육 선생님과 이야기를 나누다가 이 이야기가 나왔는데, 그 선생님은 어이없어하며 이렇게 말했다.

"아니, 어떻게 교복 때문에 학교를 결정해? 애한테 교육적으로 더 도움이 되는 선택을 해야지!"

물론 일리가 있는 말이었다. 그런데 나는 사실 학부모님들의 말이 마음에 더 와닿았다. 우리 엄마의 마음이 학부모님들에게서 느껴졌기 때문이다.

엄마는 동생을 일반 중학교에 보냈다. 내가 졸업한 그 학교였다. 내 동생은 글자를 모르는 까막눈이다. 당연히 공부도 할 수 없다. 그저 노래 부르는 것, 뛰어다니는 것, 사람들이 북적거리는 것을 좋아하는 아이였다. 이런 점만 본다면 일반학교에 가 봤자 의미가 없었다. 그런데 엄마는 동생의 사회성향상을 위해, 사람들 사이에서 살아가는 방법을 가르치기 위해 일반학교를 선택했다고 말했다. 그리고, 교복 한번 입혀보고 싶다고도 말씀하셨다.

동생의 중학교 졸업식 날이 동생이 마지막으로 교복을 입는 날이 되었다. 교복이 뭐 대수인가 싶었지만, 엄마와 동생에게 교복은 대수였다. 지퍼와 훅 채우는 방법을 몰랐던 동생에게(지금도 훅과 단추는 채우지 못한다) 교복 바지를 입는 것은 쉽지 않은 일이었다. 교복점의 협조를 구해서 훅 대신 찍찍이를 달아 여미게 해 주고, 허리 뒤쪽에는 고무줄을 넣어입기 편하게 제작하였다. 그리고 엄마는 매일 와이셔츠를 빳빳하게 다려서 입혔다. 동생의 인생에 있어서 마지막 제복이 될 수 있기에 엄마는 매일 정성을 다해 교복을 입혔다. 누군가에게는 너무나 당연하고, 어쩌면 낡은 관습이라며 무시했을 법한 그 '교복'이 우리 가족에게는 잃을 수 없는 소중한 '기회'였다.

비슷한 상황이 또 있었다. 동생 앞으로 군 면제 통지서가 날아왔을 때였다. 엄마는 군 면제 통지서를 보면서 눈물을 훔쳤다. "아들을 낳았으면 군대도 보내 보고, 면회도 가 보고, 기다리기도 해 봐야 하는데…"라면서 아쉬워했다. 그러면 나는 괜히 "남들은 오만 가지 방법을 다 쓰면서까지 군대 안 보내려고 난린데, 뭘."이라고 대꾸하면서 자조 섞인 위로를 했다. 우스갯소리로 군 면제자를 신의 아들이라 하기도 한다. 그 정도로 누군가에겐 너무나도 당연한 '군대'도, 우리 가족에게는 또 하나의 잃어버린 '기회'였다.

어디 교복이나 군대뿐이랴. 있는 대로 나열하자면 몇 날 밤을 새워도 모자랄 것이다. 그저 교복과 같이 누려 본 기회에는 감사하고, 군대와 같이 잃어버린 기회에는 스스로 위로하며 정신 승리를 할 수밖에!

나도 장애인의 가족으로서 겪어 본 일이기에 교복을 입혀 보고 싶었다는 그 이유를 이해할 수 있었다. 겪어 보지 않았으면 아마도 공감할 수 없는 말이었을 것이다. 그러니 누군가 당신이 이해할 수 없는 선택을 한다 해도 이상하게 여기지 않앉으면 한다. 당신이 당연하게 여겼던 것이 그 사람에겐 일생에 주어진 단 한 번의 기회일 수도 있으니 말이다. 교복 입은 아이의 모습이 학부모님께 평생의 좋은 추억으로 남았으면 한다.

츤데레

스스로 자(自) 닫을 폐(閉). 스스로 문을 닫아 버린 아이들. 그런 아이들은 곁을 잘 내주지 않는다. 자신의 몸에 타인이 닿는 것을 극도로 싫어하는 경우가 많기 때문이다. 칭찬의 의미로 머리를 쓰다듬어 주거나 어깨를 토닥여 주는 것도 이 아이들에겐 혐오적인 자극이 될 수 있다. 그리고 1년 동안 꽤마음을 주고받았다고 생각했는데, 그다음 담임에게 가고 나면 나에게는 인사도 하지 않고 처음 본 사람처럼 대하는 쿨내 진동하는 아이들도 많았다.

아이들이 일부러 그러는 것은 아니다. 자폐의 특성이 그렇기 때문이다. 「장애인 등에 대한 특수교육법 시행령」에서는 자폐성 장애인을 "사회적 상호작용과 의사소통에 결함이 있고, 제한적이고 반복적인 관심과 활동을 보임으로써 교육적 성취 및 일상생활 적응에 도움이 필요한 사람"으로 규정한다. 미국 정신의학협회에서는 발달 수준에 맞는 적절한 또래 관계를 형성하지 못하거나, 즐거움, 관심 또는 성취를 자발적으로 다른 사람과 나누려고 하지 않고, 사회적 또는 정서적 상호성이 결여되는 경우를 예시로 들었다.

영화나 드라마에서도 자폐 캐릭터를 자신만의 세계 속에 갇혀 살아가는 모습으로 자주 그린다. 예를 들면 영화 〈증인〉에 나오는 자폐성 장애인 지우는 사람들의 표정을 잘 읽지 못하고 파란색 젤리만 골라서 먹는다. 또 드라마 〈사이코지만 괜찮아〉에서는 문상태라는 캐릭터를 통해 자기만의 세계에 도취해 있는 자폐성 장애인의 모습을 보여 주었다.

이처럼 타인에겐 관심도 없어 보이고 상황 파악엔 다소 무뎌 보이는 그런 아이들이 자신의 마음을 표현해 줄 때는 감사와 감동이 두 배다. 스킨십은 싫어하면서도 나의 긴 머리를 만져 보고 싶어서 내 뒤에서 서성거릴 때, 자신이 좋아하는 장난감을 주머니에서 빼꼼히 내밀어 나에게 자랑하듯 보여 줄 때, 다소 기계적이긴 하지만 "고맙습니다."라는 말을 상황에 맞게 건네줄 때, "오늘 선생님이 힘이 없어."라는 말을 듣곤 내 등을 토닥토닥해 줄 때 그 어떤 말로도 표현할 수 없는 감동과 따뜻함을 느낀다. '안 보는 척하면서 다 보고 있었구나.' '모르는 줄 알았는데 다 알고 있었구나.' '또 선생님이 너희를 그렇게 판단했구나.'

방학이 지나고 개학한 첫날, 한 아이가 나에게 내밀어 준 종이 두 장. 보는 순간 내 얼굴에 미소가 번진다. 한 장엔 친구들 얼굴과 이름이 빼곡하게 적혀 있고, 나머지 한 장엔 내가 아이를 안아 주는 그림이 그려져 있다. 사실 중학생 아이들이다 보니 직접적인 스킨십은 늘 조심하는 터라 내가 저렇게 안아 준 적이 있나 싶었는데, 아이에겐 무언가 인상 깊은 기억이 있나 보다. '평온'이란 단어는 어떻게 알고 그림에다 적어 놓았을까. 알파벳도 잘 모르는 아이가 'LOVE'는 말은 또 어떻게 알고 썼을까. 제일 아끼는 〈토이 스토리〉 스티커까지 붙여 주고…. 그림 하나하나에 담긴 의미와 정성을 살펴보게 된다.

스스로 닫아 버린 문. 정말로 스스로 닫은 건지 잘 모르겠지만, 아이들이 활짝은 아니더라도 꾸준히 여닫고 있는 것은 아닐까란 생각이 스친다. 그렇다면 나는 아이들이 그 문을 빼꼼 열고 나올 때까지 곁에서 지켜봐 주고, 꾸준히 노크해 주고, 엘사를 기다리는 안나처럼 문틈으로 흥얼거려 주어야 하지 않을까. 똑똑똑, 선생님이랑 같이 놀지 않을래?

평범한 대화

나에게는 고등학생 때부터 함께해 온 오래된 친구들이 있다.
그 친구들과의 모임 이름은 '장녀들'이다. 공교롭게도 우리 모
두 세 살 터울의 남동생을 둔 첫째였다. 그래서 그런지 우리
는 서로 동생의 안부를 묻기도 하고 근황을 얘기해 주기도 했
다. 특별할 것 없는 아주 평범한 이야기였다.

"내 동생 이번에 취업해서 서울로 갔잖아. 집 구한다고 고
생했어."

"와, 대박! 내 동생은 이번에 이직한다고 난리야. 그냥 좀
붙어 있으면 좋겠는데…"

"근데 너네 동생은 여자친구 있냐? 내 동생은 요새 여친한

테 빠져서 난리도 아니야."

"야, 내 동생 소개팅 좀 시켜 줘라. 계속 이러고 살까 봐 걱정이야."

지극히 평범한 대화. 친구들끼리 나누기에 전혀 이상하지 않은 대화. 그런데 나는 그 대화에 전혀 끼일 수가 없었다. 그저 말하는 친구의 얼굴로 시선만 이리저리 옮기며 옅은 미소를 머금고 이야기를 듣는 것밖에 할 수 있는 일이 없었다. 친구들의 동생들은 학업이나 연애, 취업, 결혼 등을 순차적으로 하고 있었지만 내 동생의 생활은 옛날이나 지금이나 달라진 게 거의 없기 때문일 것이다. 그렇게 한참 대화가 이어진 후에 친구 한 명이 나에게 묻는다.

"동생 잘 지내지?"

"응, 뭐 똑같이 잘 지내지."

그렇게 아주 간결하고 형식적으로 동생의 안부를 전하고선 대화는 마무리된다. 내 마음이 불편할지라도 그것이 내 친구들의 잘못은 아니다. 그들은 그저 누구나 할 수 있는 평범한 대화를 나누었을 뿐이니까. 친구들이 내 마음을 알아차린다거나 나의 눈치를 보게 된다면, 오히려 그것이 끔찍한 일이다.

이처럼 평범한 대화에 끼이지 못하는 일이 종종 있다. 학교에서 동료 선생님들이 나의 형제 관계에 대해 물어보면 남동생이 한 명 있다고 간단하게 말한 뒤 곧바로 대화 주제를 바꾸기 위해 애를 썼다. 남동생이 있다고 하면 그다음엔 몇 살인지, 어떤 일을 하는지, 결혼은 했는지를 묻는 수순으로 대화가 진행될 게 뻔하기 때문이다. 거짓말을 하기도 싫었고, 그다지 친하지 않은 사람들에게 나의 이야기를 털어놓고 싶지도 않았다.

특수교사가 되었다고 해서 모든 사람에게 동생에 대해 자신 있게 말할 수 있는 건 아니다. 지극히 개인적인 이야기라면 누구나 자신의 울타리 안에 있는 사람들에게만 오픈하고 싶을 것이다. 나 또한 친하게 지내는 동료 선생님들 몇몇에겐 동생에 대해 말했다. 그렇지만 모두에게 커밍아웃을 하고 싶진 않았다. 차라리 형제나 가족에 관한 이야기가 나올 때는 미소를 지으며 이야기를 들어 주는 역할만 충실히 하는 편이 나을 것 같았다.

이런 주제의 얘기가 나올 때마다 나는 어떻게 반응할지, 어떤 표정을 지을지, 어떤 추임새를 넣을지 고민하곤 했다. 그리고 가끔, 평범한 대화에 끼이지 못하는 나를 가엽게 여겼다. 나란 존재에 대해서 얘기할 땐 지극히 평범한데, 왜 '가족'이란 주제에서는 평범할 수 없는지 괜히 자기 연민에 빠지기도 하면서 말이다.

그러다 평범함에 대해 생각해 봤다. 평범하다는 건 무엇일까. 대한민국의 가장 보편적인 형태의 가정에서 자라나, 무난한 대학에 진학하고, 국민차라 불리는 자동차를 타며, 안정적인 회사에 취직을 하여, 결혼 적령기에 결혼을 하고, 도시 근로자의 평균 소득을 받으며 별다른 걱정과 근심 없이 살아간다면 평범한 삶이라고 할 수 있을까? 그럼 그렇게 살아가는 사람은 얼마나 될까?

누구나 한두 가지 영역에서는 소수자가 아닐까. 사람이 어떻게 학업, 연애, 결혼, 가족, 육아, 건강, 재산 등 다양한 영역에서 모두 평범할 수 있을까. 그렇다면, 나도 아무렇지 않게 끼일 수 있던, 평범하다고 생각했던 어떤 대화에 어느 누군가는 참여하지 못했던 것 아닐까? 어쩌면 그랬을지도 모른다. 평범한 대화가 나에게 주었던 그 당혹스러움을 어느 누군가도 내 옆에서 똑같이 느꼈을 수도 있다. 그러니 평범함 앞에서 우쭐할 것도, 스스로를 가엽게 여길 것도 없는 것이다.

평범함과 특별함은 환절기의 일교차와 같다. 아침과 밤에는 마치 다른 계절인 양 낯설지만 낮이 되어 평균기온을 되찾으면 그 계절을 느낄 수 있다. 새벽의 서늘함도 한낮의 포근함도 모두 하루라는 삶의 일부다. 모두가 새벽의 온도와 한낮의 온도를 품고 살아간다. 어느 시간엔 평범함 속에서, 또 어느 시간엔 특별함 속에서. 다양한 색깔의 단풍처럼 곳곳에 일교차의 흔적을 아름답게 남기면서 말이다.

당신에게 평범함이란 무엇인가. 당신은 지금 어떤 온도 속에서 살아가고 있는지 궁금하다.

코로나19에 걸리면
절대 안 되는 사람

글에 제목을 붙이며 다소 자극적으로 보일 수 있겠다 싶었다. 혹자는 '대체 코로나19에 걸려도 되는 사람은 누구란 말이냐?'라고 생각할지도 모른다. 맞는 말이다. 그러나 코로나19 감염 시 특히 위험한 사람들이 있듯이, 개인위생 관리나 자가격리, 치료, 입원 및 회복 등이 일반 사람들에 비해 몇 배 아니 수백 배는 힘든 사람들도 있다. 그게 바로 내 동생을 비롯한 장애를 가진 사람들이다.

코로나19 사태 이후 우리 가족이 식당에서 식사한 횟수를 한 손에 꼽을 수 있다. 바깥 음식을 먹을 때는 배달을 시켜 현관문 앞에 두고 가시도록 요청을 하거나 음식을 포장해 와서 집에서 먹었다. 외부 일정이나 약속도 최대한 미뤘다. 다른 사람을 꼭 만나야 하는 경우에는 공원이나 테라스가 있는 카페를 이용했다. 여러 사람이 있을 때는 간식도 잘 먹지 않았다. 마스크는 이미 얼굴의 일부가 되어 버렸고, 손 소독제를 늘 가방에 넣고 다니며 수시로 소독했다.

다른 사람들은 이런 내 모습을 보며 유난스럽다고도 했고, 주변에서 제일 조심하는 사람이라고 평하기도 했다. 다른 사람들에 비해 유난스럽게 군 것도 맞고 더 조심한 것도 맞다. 코로나19의 감염력이나 후유증에 대한 걱정도 있었지만, 그럴 수밖에 없었던 이유는 내 동생과 특수학급에 있는 우리 아이들 때문이었다. 내가 코로나에 걸리게 되면 같은 집에서 함께 생활하는 동생도 당연히 감염될 수밖에 없다. 그리고 거의 하루 종일 붙어 있는 학교의 우리 아이들도 감염될 가능성이 크다.

내 동생은 주사 하나 맞는 것도 참 어렵다. 어르고 달래고 설득하고 협박하고. 그나마 어릴 때는 어른들이 몸을 꽉 잡거나 안고 있을 때 강제로 맞힐 수 있었는데, 이제 동생이 다 커서 힘으로 붙잡고 있을 수도 없다. 겁도 많아서 의사 선생님이 코 안이나 목을 들여다보려고 하면 얼른 피해 버리기 일쑤다. 건강검진을 하러 가도 피검사, 소변검사, 흉부 엑스레이 등 어느 것 하나 쉬운 게 없다.

우리 집에 코로나바이러스가 침입했을 때를 종종 상상해 본다. 우리 가족 중에 누구 하나가 코로나19에 걸리게 되면 다음 차례는 동생이다. 동생이 만약 의심 증상을 보인다면 일단 보건소에 가야겠지. 선별 진료소에서 면봉을 코 깊숙한 곳까지 찔러 넣으려 하면 동생은 안 하려고 난동을 피울 것이다. 어찌어찌 검사를 하고 확진 판정을 받아 지정된 병원에 입원한다 치자. 방호복을 입은 사람들이 자신을 왜 데려가는지 몰라 소리를 지르고 도망치려 할지도 모른다. 입원을 해도 링거 한 대 맞는 것도 힘들 것이다. 주삿바늘을 꽂기도, 꽂았다 하더라도 계속 꽂고 있기도 어렵다. 주삿바늘을 빼내려고 거친 행동을 할지도 모른다. 폐 사진을 찍기도, 많은 양의 약을 복용하기도 어렵고, 혼자 격리되어 입원 생활을 하는 건 사실상 불가능하다.

잠깐만 상상해 봐도 극도로 어려운 일이란 걸 알 수 있다. 내가 상상할 수 있는 범위에서도 이 정도인데, 격리 생활 중에는 내가 알지 못하는 부분이 더 많을 것 아닌가. 어린아이들이 코로나19에 걸려 격리 입원을 하는 모습을 보면 짠하고 저걸 어떻게 견디나 싶다. 그런데 내 동생은 속은 어린아이면서 몸은 다 큰 성인이다. 다 큰 사람을 어떻게 붙들고 강제로 치료할 수 있을까? 자유롭게 외출하지 못하고 집 안에 하루 종일 갇혀 있는 것만 해도 너무 힘든데 말이다.

코로나19 사태 초기에 한 장애인 그룹홈에서 집단감염이 일어났다. 그리고 얼마 전에는 특수학교에서도 집단감염이 발생했다고 한다. 이런 뉴스만 봐도 가슴이 두근거리고 너무 안타깝다. 마스크를 쓰고 있는 것도 어려운 아이들이 어떻게 치료를 받고 있을지, 격리 생활은 잘하고 있을지, 기저질환이나 지병이 있는 것은 아닌지 생판 모르는 남인데도 걱정이 된다.

아무도 예상치 못했던 시대를 살아가고 있다. 모두에게 익숙하지 않은 시기, 시행착오를 무수히 겪으며 닥치는 대로 임기응변할 수밖에 없는 시기를 지나고 있다. 그래도 2년 가까운 시간을 지나오면서 많이 적응하긴 했지만, 모두가 잘 적응하고 있는 것은 아니다. 장애인들에겐 이러한 시대를 적응하는 데 더 오랜 시간과 많은 노력이 필요하다.

코로나19 앞에선 모두가 평등하다고 하지 않던가. 약하다고, 장애가 있다고 코로나는 피해 가지 않는다. 그러나 그 과정과 결과는 평등하지 못하다. 지금의 방역 지침, 긴급재난문자, 정보에의 접근, 의료 체계 등 모든 것이 비장애인 중심으로 만들어졌기에 장애가 있는 사람은 어려움이 있을 수밖에 없다. 그러니 "장애인은 방역 취약계층이 아니다."라고 단언하는 대신 이러한 고충부터 파악하는 노력을 해야 한다. 대한민국 국민들이 이 시기를 잘 이겨 내고는 있지만 모두가 잘 적응하고 있는 것은 아니라는 것을 인지해야 하며, 뒤편에 가리어진 장애인들을 발견하고 이들을 위한 방안도 마련될 수 있도록 노력해야 한다.

　나는 하루의 3분의 2 이상을 장애가 있는 사람들과 보낸다. 가정에서는 동생과, 학교에서는 특수학급 아이들과 밀착 생활을 한다. 혹시나 나 때문에 앞서 열거한 답도 없는 상황을 우리 아이들과 동생이 겪을 수도 있다는 것이 공포스럽다. 그렇기에 나는 더욱 조심해야 하는 사람이라는 걸 유념하며, 마스크를 고쳐 쓰고 손 소독을 다시 한번 꼼꼼하게 해 본다.

전쟁 같은
소개팅

믿고 싶지 않지만, 이 시대가 규정한 결혼 적령기를 지난 나이가 되었다. 그동안 소개팅도 꽤 했지만 역시 나는 소개팅이 맞지 않는다는 걸 확인만 하고 돌아왔다. 친구, 직장 동료, 엄마 친구분 등 다양한 사람들을 통해 소개팅을 했다. 대부분 예의 바르고 친절하셨다. 흔히 말하는 조건이 괜찮은 분도 많았다.

그런데 소개팅을 할 때면 설렘보다는 긴장감과 두려움에 휩싸였다. 소개팅이나 맞선은 조건을 보고 나오는 사람들이 상당수인데, 주선자나 당사자에게 동생에게 장애가 있다는 사실을 언제 말해야 할지 몰라 늘 초조해했다. 처음부터 말하는 건 너무 부담스럽고, 잘되고 나서 말하는 것도 배신감 들지 않을까? 가족에 대한 질문도 분명 나올 텐데 또 뭐라고 답하지? 나에게 소개팅이란 설레는 만남이 아닌 초조한 시험이었다.

처음부터 이렇게 겁쟁이처럼 걱정만 한 것은 아니다. 20대 때는 내가 생각해도 씩씩하고 대담했다. '동생이 그런 게 뭐? 어쩌라고?'라는 마음으로 이성 친구를 만났고, 스스럼없이 동생에 대해 말하기도 했다. 동생의 장애가 내 연애에 부정적인 영향을 준다고는 전혀 생각지 않았다. 그런데 그동안 내 마음에 수많은 생채기가 났다. 그리고 생채기가 아문 자리엔 걱정과 두려움이라는 깊은 흉터가 남았다.

꽤 오래 만났던 사람이 '동생의 장애'를 이유로 나에게 이별을 고했다. 교제를 시작하기 전에 동생에 대해 충분히 말했고, 긴 시간 동안 동생도 자주 봐 왔으면서 말이다. 비겁한 변명이었다. 또 다른 사람은, 그의 부모님이 '동생의 장애'를 이유로 강하게 반대했다. 마음이 많이 힘들긴 했지만 그의 부모님을 전혀 이해하지 못하는 건 아니었다. 최근에 만난 사람에겐 아직 일어나지도 않은 일 때문에 내가 먼저 이별을 고했다. 언젠가 같은 이유로 헤어지게 되어 또 상처받을 것이란 바보 같은 두려움 때문이었다.

엄마를 통해 내 소개팅을 주선하고 싶다고 연락을 했던 아주머니가 있었다. 그저 '교사'라는 직업을 보고 쉽게 주선할 수 있겠다고 생각하셨나 보다. 나는 '동생의 장애'에 대해 솔직하게 말했다. 그러자 그분이 쭈뼛쭈뼛하시더니 말했다.

"아, 그러면 좀 어려워. 일단 동생에 대해서는 비밀로 하고 만나 볼래?"

이렇게까지 해서 만나야 하나 싶은 생각이 차올랐다. 그만해야겠다. 그만두어야겠다고 생각했다.

친구들이 주선하는 소개팅은 거절하기 쉬웠다. 가끔은 동생에게 장애가 있는 걸 먼저 밝히고 그래도 괜찮다고 하면 만나 보겠다고 말하기도 했다. 그러나 직장에서 어른들이 만나 보라고 강력하게 밀어붙이는 소개팅은 대차게 거절하기 어려웠다. 한번 만나 보고선 그럴듯한 핑계를 찾아 거절하곤 했다. 엄마를 통해 들어온 선 자리도 있었다. 그럴 땐 괜히 엄마에게 짜증을 냈다. 동생에 대해서 미리 제대로 말하라고, 아빠가 안 계신 것도 다 말하라고 하면서 말이다. 그땐 정말로 엄마에게 서운했다. 엄마가 상대 쪽에 미리 말해 두지 않고 선 자리만 재촉하면서 남은 책임과 부담을 내게 지우는 것 같았다.

그래서 소개팅에 임하는 나는, 좋은 사람을 만날 수 있다는 기대보단 들키면 안 되는 비밀을 품은 채, 잔뜩 긴장한 상태로 상처받지 않기 위해서 단단한 갑옷을 입고 전쟁터에 나서는 느낌이다. 이런 마음으로 나서면 상대방에게도 미안해진다. 분명 그분은 좋은 사람을 만나기 위해 시간과 돈을 써가며 나왔을 텐데 나는 전쟁터에 나서는 마음으로 나왔으니…. 잘될 리가 없었다.

명언이랍시고 인터넷에 돌아다니는 글이 있다.

"첫 만남으로 끝나는 건 외모가 안 되는 거고, 단기 연애로 끝나는 건 매력이 없는 거고, 장기 연애를 하며 결혼까지 못 가는 건 조건이 좋지 않은 것이다."

이런 글을 보면 자괴감이 든다. 외모나 매력은 차치하고, 정말 난 조건이 좋지 않은 사람인가? 동생의 장애가 내게 조건이 될 뿐인가?

세상의 모든 장애인의 비장애 형제가 나와 같진 않을 것이다. 이런 상처와 걱정 없이 좋은 사람을 만나서 행복하게 살수도 있고, 많은 이성의 구애를 받을 수도 있고, 본인이 스스로 비혼의 길을 선택할 수도 있다. 전적으로 나의 개인적인 이야기일 뿐이다. 나 또한 그렇다고 해서 마음의 문을 아예 닫은 것도 아니다. '이렇게 살다가 좋은 사람 나타나면 그때 만나 보는 거지, 뭐.' 대충 이런 마음이다.

다행스럽게도 이 모든 게 동생 때문이라는 원망의 마음은 생기지 않는다. 오히려 내가 그 사람을 검증하려 갖은 애를 쓰지 않아도 되니 좋은 점도 있다. 장애가 있는 내 동생을 이해할 수 있는지, 그걸 확인하는 것만으로도 상대가 어떤 마음으로 날 만나는지 알 수 있다고 믿는다. 또 한 번의 정신 승리. 역시 누군가를 만난다는 건 여러모로 정말 어려운 일이다.

어떤 기사

월요일 아침부터 기사 한 줄 때문에 마음이 '쿵' 하고 내려앉는다. "16년간 돌봐온 장애인 형을 살해한 동생…." 살인이라는 행위에 대해선 그 어떤 면죄부도 통하지 않는다. 결과적으로 동생은 살인을 저질렀다. 그것도 친족을 살해한바 그 죄가 무겁다. 심지어 만취할 정도로 음주를 한 후에 일을 저질렀다. 법정에서는 이를 심신미약으로 인정할지 모르겠으나, 개인적으로 음주 후 저지른 범죄는 더 용서받지 못할 일이라 생각한다. 그런데 사건의 내막을 읽어 보니 마음이 아프다 못해 너덜너덜해진다. 16년을 노모와 함께 장애가 있는 형을 간병해 왔다. 사실 어머니도 연세가 있으셨기에, 그 동생은 장애가 있는 형과 나이 든 어머니를 함께 부양해 왔을 것이다. 거기다가 형은 기저귀를 던지고 소리를 지르고 욕설을 하는 등 정신적으로 가족들을 힘들게 했다고 한다. 육체적으로도 지쳐 있었을 테지만, 정신적으로도 긴 세월 고통을 받아 탈진 상태였을지도 모른다.

이 기사의 내용이 얼마나 미화되었는지는 모르겠다. 죽은 자는 말이 없고, 어쨌든 남은 이들이 형량을 줄이기 위해 모든 불우한 상황을 긁어모아 제출했을 수도 있다. 그러나 사건을 재구성한 저 기사가 얼마나 사실적이고 중립적인지를 떠나, 10년 넘게 장애인 가족을 돌보며 고달팠을 그들의 마음과 상황을 어렴풋이 알 것 같았다. 이미 중년을 넘긴 장애인 형과 노쇠한 어머니를 부양해야 했던 그 동생의 입장을 한참 동안 생각했다. 남의 일이 아닌 내 일이었다.

어떠한 이유로도 살인을 정당화할 순 없다. 불우한 환경에 놓였다고 해서 모두가 살인을 저지르진 않기 때문이다. 그런데, 그렇다고 해서 그 모든 죗값을 그에게 물릴 수 있을까. 그동안 우리는 사회적 문제로 인식해야 함에도 장애인 부양에 대한 책임을 개인에게만 돌려 왔다. 가족 내에 장애인이 있다는 것이 언제까지 개인사, 가정사로만 머물러야 하는 것일까.

물론 과거와 비교하면 현재는 상황이 많이 나아진 편이다.

장애인 가족들의 고충을 덜어 주기 위해 활동 보조인 제도, 간병인 제도 등이 생겨났고, 학교에 다닐 시기가 지난 장애인들을 위한 주간보호센터도 늘어났다. 그러나 여전히 활동 보조 인력은 부족하고 차등적으로 지급되는 활동 보조 시간도 모호하며 중증장애인이 갈 수 있는 보호센터는 거의 없다. 모든 제도가 그러하듯 빈틈은 존재하고 있고 그 빈틈을 온몸으로 메우고 있는 것은 그들과 함께 살아가는 가족들이다.

민감한 문제고 무거운 사건이기에 나의 사설이 길면 안 되겠단 생각이 든다. 그러나 이와 유사한 뉴스가 잊을 만하면 나온다. 장애인 아들을 돌보던 부모가 아들을 살해하고 본인도 극단적인 선택을 했다거나, 비장애 형제가 장애인 형제를 살해했다는 내용의 가슴 아픈 기사들. 이는 이런 일이 특정 가정에서만 일어나는 드문 일이 아니라 그 어느 가정에서라도 일어날 수 있는 일임을 나타내는 방증이다. 그러니 누가 그를 손가락질하고 비난할 수 있을까. 나는 차마 그에게 돌을 던질 수가 없다.

장애인의 형제

학부 시절이었다. 특수교육학 개론서 거의 끝 단원에 장애인의 가족에 대한 내용이 나오는데, 장애인의 형제에 관해 기술한 대목을 읽으며 화가 난 적이 있다. 개론서를 읽으면서 화날 일이 뭐가 있나 싶겠지만, 장애인의 형제에 관해 다소 무책임하다 싶을 만큼 부정적으로 기술하고 있었다. 단어 하나하나 기억나는 건 아니지만, 장애인의 형제는 우울하고 소극적이며 피해의식이 강하다는 식의 내용이었다.

뭐? 나는 이렇게 흥이 많고, 활동적인 것을 좋아하고, 적극적으로 분위기를 주도할 때도 있는데 뭐가 우울하고 소극적이며 그리 부정적이란 말인가. 누구나 우울할 때, 즐거울 때가 있고, 때때로 소극적이고 때때로 적극적인 법. 그렇다면 장애인의 형제에게서 발견할 수 있는 긍정적인 면과 부정적인 면을 함께 기술하든지, 그게 아니라면 장애를 가진 형제로 인해 겪게 되는 일부터 기술했어야 맞는 것이 아닌가. 이 글을 쓰다 보니 그때의 감정이 되살아난다.

　나는 다른 사람의 감정을 빨리 읽는 편이며 섬세하다는 말을 자주 듣는다. 수용할 수 있는 다름의 범위도 넓은 것 같고 타인을 잘 배려한다는 칭찬도 종종 듣는 편이다. 선천적이라기보단, 지적장애를 가진 남동생을 둔 덕분에 갖게 된 성격이 아닐까 생각한다. 동생은 자신의 기분이나 감정을 설명하지 못한다. 단 한 번도 즐겁다, 슬프다, 짜증 난다, 행복하다와 같은 말을 한 적이 없다. 그저 동생의 표정이나 몸짓언어, 행동 등을 살피며 짐작해야만 했다. 동생이 무언가를 필요로 할 때도 그랬다. 요구를 잘 하지 않으니 늘 동생의 행동이나 표정을 살피며 추측했다. 기분이 좀 안 좋은 것 같은데? 화장실이 가고 싶은 건가? 배가 고픈 건가? 아픈 건가? 또 동생의 방해 행동에 대해서도 오래 참아야 했고, 모든 것이 서툴지만 스스로 할 때까지 기다려 주어야 했다.

　부모님이 동생 때문에 힘들어할 때는 내가 알아서 잘해야만 했다. 눈치껏 동생을 챙기고, 할 일이 있다면 빨리 해 놓고, 부모님에게 어른스럽게 말하기도 하며 말이다. 또 어릴 적엔 엄마가 동생을 데리고 병원, 치료실, 학원 등에 다니는 바람에 나는 종종 외할머니나 큰엄마, 외숙모, 이모 손에 맡겨졌다. 모든 분이 나를 따뜻하게 돌봐 주셨지만 나는 그 안에서 자연스레 눈치 보는 법을 배우게 되었다. 써 놓고 보니 어린 시절의 내가 애처롭기도 하지만, 결과적으로 나는 다른 사람의 기분이나 필요를 빨리 읽어 내는 능력을 갖게 되었다.

이런 능력은 사회생활에서 요긴하게 쓰인다. 자신의 감정을 눈치껏 알아주는 사람을 싫어하는 사람은 없다. 부끄럽지만, 어릴 때부터 어딜 가나 어른스럽고 배려를 잘한다는 칭찬을 들었고 예쁨을 받으며 원만하게 사회생활을 해 왔다. 스스로를 표현할 줄도 모르고 자신의 감정이나 필요를 드러내지 않는 동생에게 맞추며 살아왔으니, 돌려서라도 말하고 표정으로라도 드러내는 비장애인을 대하는 일은 나에겐 그리 어렵지 않았다.

돌아보면 장애를 가진 동생이 있어 부모님의 사랑을 오롯이 다 받지 못했다는 생각도 들고, 우울감이나 불안감에 빠졌던 시기도 분명 있었다. 그리고 어른스러운 아이로 살아야 했던 시절도 있었다. 그러나 그뿐이다. 지금의 나, 섬세하고 다름을 수용할 줄 아는, 인내할 줄 알고 타인을 배려할 줄 아는 사람으로 성장한 것은 그 시절 그 경험이 있었기 때문이다. 모두 동생 덕분이다.

장애인에 대한 선입관이나 편견을 상대하는 것만으로도 벅차다. 장애인의 형제까지 편협한 시각 안에 가두려 한다면 탈진해 버리고 말 것이다. 장애인의 형제들이 조금 특별한 경험을 하며 살아가는 것은 분명하지만, 그로 인해 갖게 된 성격이나 인품은 각자 다를 것이다. 개인의 몫 아니겠는가. 나 또한 모난 부분과 그늘진 부분을 갖고 있지만 그래도 나를 좋아해 주는 사람들과 함께 잘 어우러져 살아가고 있다. 이번 기회에 지금의 나를 만들어 준 동생에게 말을 전한다.

"내가 지금의 나로 성장할 수 있던 것은 모두 네 덕분이야."

가여운 소원

장애인이 등장하는 영화나 드라마, 다큐멘터리에 종종 장애 아이를 둔 부모가 소원을 말하는 장면이 나온다.

"아이보다 딱 하루만 더 살고 싶어요."

참 가슴이 아프면서도 뭉클해지는 장면이다. 자식을 먼저 떠나보내는 것만큼 가슴 아픈 일이 없음에도 장애 아이를 키우는 부모들에겐 그것이 간절한 소원일 수밖에 없다.

우리 엄마도 마찬가지였다. 엄마는 "우리 아들 먼저 보내 놓고 나는 그다음 날 죽으면 딱 좋겠다."라는 말을 자주 했다. 기도를 할 때도 "하나님, 우리 아들보다 딱 하루만 더 살게 해 주세요." 다른 사람들과 이야기할 때도 "나는 많이 안 바란다. 우리 아들이 나보다 딱 하루만 먼저 죽었으면 좋겠다."라고 입버릇처럼 말하곤 했다.

그런데 나는 그 말이 죽도록 싫었다. 참 이기적이라 생각했다. '왜 남은 나는 생각하지 못할까? 그럼 나는 가족을 동시에 모두 잃고 줄초상을 치르고 혈혈단신으로 살아야 하는데, 내가 듣는 데서 왜 저 말을 아무렇지 않게 하는 걸까?' 하며 속으로 엄마를 비난했다. 그 비난이 마음속에서 터져 나올 때도 있었다. 한번은 엄마의 '하루만' 이야기에 참았던 눈물을 터트리며 말했다.

"그럼 나는? 나는 어쩌라고!"

엄마도 나의 울분에 적잖이 당황한 눈치였다. 전혀 그런 의도가 아니었을 텐데, 가만있던 딸이 생뚱맞은 타이밍에서 울면서 소리 지를 줄이야. 엄마는 나에게 그런 뜻이 아니라며 우리 딸을 두고 어찌 죽겠냐고 애써 변명을 하고 말을 돌리려고 했다.

엄마의 마음을 모르는 것도 아니었다. 게다가 이제는 가족이 없더라도 내 앞가림을 스스로 할 수 있으니 혼자서도 잘 살아갈 수 있을 것이다. 언젠가는 이별을 해야만 하는데 그 시기가 조금 빨리 온 것뿐이라 생각하면 되니까. 그러니 엄마는 자신의 사후에 남겨질 아들이 더 걱정될 것이고, 그 짐을 나에게도 넘기기 싫으니 아들보다 하루만 더 살게 해 달라는 소원을 입버릇처럼 말했을 것이다. 그 마음을 어찌 모르겠는가. 그런데 나도 엄마가 필요하다고 말하고 싶었다. 어른이 된 지금도, 아니 언젠가 자식을 낳게 되더라도 가끔은 엄마가 필요할 거라고. 그리고 나도 가족들과 천천히 차례대로 이별을 준비할 시간이 필요하다고 말하고 싶었다. 엄마의 삶이 오직 장애가 있는 자식에게만 집중되어야 하느냐고 말하고 싶었다. 세상에 홀로 남겨질 딸도 좀 걱정해 달라는, 투정이었다.

영화 〈말아톤〉에서 초원이의 엄마는 자신을 인터뷰하던 기자에게 이렇게 말한다.

"소원이 뭐냐고 물으셨잖아요. 초원이가 저보다 하루 먼저 죽는 거예요. 그러려면 내가 백 살까지는 살아야겠죠?"

장애가 있는 자녀보다 딱 하루만 더 살고 싶다는 그 소원이 이루어질 확률은 과연 얼마나 될까. 물론 그런 일이 일어나지 않을 가능성이 더 크다는 건 안다. 실제로 그런 일이 일어날까 봐 두려웠던 것이 아니라 엄마의 삶에 내가 차지하는 비중이 미미한 것 같아서, 엄마가 나를 전혀 염두에 두지 않는 것 같아서 서운한 마음에 그랬던 것이다. 엄마의 가여운 소원일 뿐이었을 텐데 내가 그마저도 난도질한 것은 아닌지 모르겠다.

아이보다 딱 하루만 더 살고 싶다는 부모의 소원. 그 소원엔 오직 장애를 가진 아이와 그의 부모, 단둘만 존재한다. 비장애 형제는 그 이야기에조차 끼이지 못하고 가리어져 있다. 그런 일이 일어날 거라 생각하지 않지만, 그 소원 안에 나를 위하는 마음이 담겨 있다는 것도 알지만 그래도 나는 그 소원이 왠지 밉다.

　참 나쁜 마음일지도 모르겠지만 나의 소원은, 그러니까 장애 형제를 둔 비장애 형제로서 나의 소원은 설령 동생이 먼저 천국에 가더라도 엄마가 오래오래 건강하고 자유롭게 엄마만의 인생을 사는 것이다. 무엇에도 얽매이지 않고 훨훨 날아다니며 그동안 보지 못했던 것을 보고 하지 못했던 것을 충분히 즐기면서 자유로운 삶을 조금이라도 살았으면 좋겠다. 누나로서는 빵점인 소원이다. 그래도 먼 훗날 동생을 천국에서 만났을 때, 그때 백 배로 타박과 원망 들을 테니 괜찮다면 지금은 이 소원을 나지막이 품고 있고 싶다.

흩어진 말

한 10년 전쯤 우리 집에서 있었던 일이다. 나는 임용 준비 때문에 새벽같이 독서실로 나서고, 하루 종일 엄마와 동생 둘이서 부대끼며 지내던 시기였다. 엄마가 찬장 높은 곳에서 무언가를 꺼내다 뒤로 넘어졌고 뒤쪽에 있던 서랍장에 머리를 부딪쳤다. 엄마는 그 뒤가 기억이 나지 않는다고 했다. 아마도 정신을 잃었던 모양이다. 상처도 꽤 깊어서 병원에 가서 꿰매야 할 정도였다.

문제는 엄마의 머리에 생긴 상처가 아니었다. 엄마를 도와줄 가족이, 있었지만 없었다는 게 문제였다. 비장애인이었다면 엄마에게 달려가 괜찮냐고 묻고 119에 신고를 하든 다른 가족에게 연락을 하든 조치를 취했을 것이다. 그런데 동생은 엄마가 쓰러졌는지 누워 있는지 자는지… 관심이 없었다는 게 맞을까 아니면 관심을 두지 못했다는 게 맞을까. 결국 엄마가 스스로 깨어날 때까지 동생은 혼자서 놀고 있었다. 같은 공간에 있으면서 분리되어 있던 무자비한 시간이었다.

만약 엄마의 상처가 깊었다거나 출혈이 심했다면 무슨 일이 일어났을까? 내가 돌아올 때까지 엄마는 쓰러져 있고 동생은 굶주린 채로 집 안 곳곳을 돌아다녔을까? 운이 좋아 우리 집을 방문한 누군가에 의해 발견되었을까? 상상만으로도 앞이 희뿌예진다. 엄마는 이 사건 이후 종종 이런 말을 했다. "내가 죽어도 저놈은 알런가 몰라." 도대체 어떻게 가르쳐야 할까. 타인의 아픔에 공감하는 것을, 평소와 다른 상황임을 직감하는 것을, 다른 이에게 도움을 요청하는 것을 어떻게 가르쳐 주어야 할까.

비슷한 이야기를 뉴스에서 접하고야 말았다. 발달장애가 있는 30대 아들과 단둘이 살던 60대 어머니. 어머니는 숨진 지 5개월이 지나서야 발견되었다. 갑작스럽게 어머니가 죽고 전기가 모두 끊기자 아들은 엄마 곁에서 기도를 하며 엄마가 깨어나길 기다렸고, 파리와 애벌레가 생기자 엄마의 몸이 상할까 싶어 이불로 덮었다. 그러곤 먹을 것이 떨어지자 밖에서 노숙을 했다고 한다. 길을 오가면서 그를 눈여겨보던 한 사회복지사의 도움으로 방배동 모자의 비극은 세상에 알려지게 되었다.

그런데 다른 언론사의 뉴스를 보니 그 발달장애 아들은 엄마의 죽음을 글로 써서 계속 도움을 요청하고 있었다. 그의 앞에 놓인 박스에는 "우리 엄마는 5월 3일에 돌아가셨어요. 도와주세요."라고 적혀 있었다. 꾸준히 도와 달라고 신호를 보냈지만 모두가 그 신호를 알아채지 못했다. 모른 척, 못 본 척한 것은 바로 우리들이었다. 도움이 절실했던 상황에서 아무 도움을 받지 못한 그에게 무어라 변명할 수가 없다. 그저 미안하고 또 미안한 마음뿐이다.

이상한 사람이겠거니, 모자란 사람이 하는 헛소리겠거니 하며 들으려고 하지 않은 우리의 책임일지도 모른다. 알려고 하지도, 알고 싶어 하지도 않아 했으니 말이다. 한 사회복지사가 그의 말을 귀 기울여 듣지 않았다면 그의 어머니는 더 오랜 시간 발견되지 못한 채 아들이 덮어 준 그 이불 아래 누워 있었을 것이다.

갑자기 몹시도 두려운 생각이 쏟아진다. 내 동생이나 우리 아이들이 이런 상황에 놓인다면 무얼 할 수 있을까? 먹을 것을 찾아 밖으로 돌아다닐까? 아니면 움직이지 않는 엄마의 육신 옆에 꼼짝 않고 같이 누워 있을까? 여름엔 무더위, 겨울엔 강추위를 견뎌 가며 제대로 먹지도 못하고 홀로 고통스러운 시간을 보내는 건 아닐까?

장애인의 가족으로서, 특수교사로서 내가 할 일은 더 명확해졌다. 아이들을 수많은 상황에 노출시켜 주고 대처하는 방법을 가르쳐야 한다. 그 방법을 실제 상황에서 써먹을 수 있도록 연습시켜야 한다. 그러나 그 전에 이 사회의 구성원으로서 우리가 할 일은 그들에게 한 번 더 눈길을 주는 것, 그들의 얘기를 한 번 더 들어 주는 것, 한 번 더 그들에게 관심을 가지는 것, 단순하지만 바로 이것인 것 같다.

하루에도 수십 개의 헤드라인이 활활 타오르다가 곧 재가 되어 사라진다. 이 뉴스도 곧 재가 되겠지만 나는 꼭 기억해야지, 다짐해 본다. 그리고 계속 알고 싶어 해야겠다. 내 주변 어딘가에도 그와 같은 이야기를 하고 있는 누군가가 있을 수도 있으니 말이다. 혹시라도 내 동생이 사람들에게 도움을 요청하는 날이 온다면 누군가 꼭 한 번만 제대로 살펴봐 주길, 귀 기울여 들어 주길 바라 본다.

외동인 듯 외동 아닌
외동 같은 나

어렸을 때부터 내가 외동 같다고 생각해 왔다. 지금도 자주 그런 생각을 한다. 물론 공식적으로 형제 관계를 밝힐 때는 남동생이 있다고 했지만 속마음은 그렇지 않을 때가 많았다는 뜻이다. 다른 사람들은 형제와 영화도 보러 가고, 부모님 선물도 같이 고르고, 좀 더 친하면 연애 상담도 한다는데 나는 그런 경험을 할 수 없었기 때문인 것 같다.

어려서부터 모든 일을 혼자서 해결해야 했다. 지적장애가 있는 남동생과 머리를 맞대어 묘안을 찾아낼 수도 없었고 함께 문제를 해결할 수도 없었다. 문제나 더 안 만들면 다행이었다. 부모님의 생일 선물을 고를 때도, 부모님이 집을 비워

끼닛거리를 찾을 때도, 누군가와 함께 있고 싶은데 만날 사람이 없을 때도, 엄마의 갱년기로 집안 분위기가 살벌했을 때도 나는 언제나 혼자 고민하고 혼자 해결해야 했다. 그리고 부모님의 건강과 노후를 신경 써야 하는 지금도 그렇다. 애초에 진짜 외동이었다면 당연한 것들이다. 그러나 형제가 있음에도 불구하고 외동처럼 살자니 막연한 외로움과 쓸쓸함이 찾아오곤 했다.

온 가족의 사랑을 독차지할 수 있고 부모로부터 경제적, 심리적인 지원도 한 몸에 받을 수 있다는 것이 외동의 장점이라면, 그만큼 부담이 크고 혼자이기에 외롭다는 것을 단점으로 꼽을 수 있을 것이다. 그렇다면 형제자매의 장점은 무엇이 있을까. 의지하거나 연대 의식을 가질 동기가 있다는 것, 부모에 대한 책임을 나눌 수 있다는 것 등을 꼽을 수 있겠다. 물론 동기간 갈등이 있을 수 있고, 모든 것을 나눠 가져야 하는 등 감수해야 할 부분이 많다는 단점도 있을 것이다.

그런데 발달장애인의 비장애 형제는 외동의 단점과 형제자매의 단점을 다 가질 수밖에 없는 자리인 것 같다. 외동이 아니면서 외동처럼 살아가야 할 수도 있다는 뜻이다. 장애가 있는 형제에게 다 양보해야 하고 인내해야 하고 심지어는 그 형제를 돌보는 일도 함께해야 하는데, 부모의 기대에는 홀로 부응해야하니 말이다.

장애를 가진 형제가 있음에도 자신을 외동이라고 말하는 사람을 종종 보았다. 조심스럽게 이유를 물어보았는데, 어떤 분은 "형제 관계를 얘기하고 나면 그다음은 형제의 나이나 직업, 학교 등을 묻기 마련인데 거짓말을 하거나 얼버무려야 하는 그 상황이 싫다."라고 대답했다. 또 결혼을 앞둔 어떤 분은 예비 시부모님이 혹시나 장애 형제가 있다는 이유로 반대 하실까 봐 그냥 외동이라고 말했다고 했다. 장애가 있는 형제를 정말로 자신의 혈육으로 인정하지 못해서 외동이라고 말 한다는 사람도 있었다. 그 상황이 참으로 안타깝고 마음 시 리지만 이해가 안 되는 것은 아니었다. 형제가 있는데도 말 하지 못하고 소개하지 못하는 그 마음이라고 편하겠는가. 그 마음이 어떤지 말하지 않았지만 알 것 같았다.

외동의 단점과 형제자매의 단점을 동시에 짊어지고 살아 가는, 나와 비슷한 상황에 있는 이들에게 격려와 위로의 말 을 보낸다. 장점을 많이 갖고 있다고 풍요로운 삶을 사는 게 아니듯 단점이 많다고 해서 실패한 인생을 사는 게 아니다. 당신은 분명 언젠가 그 누구보다 성숙한 사람이 되어 있을 것 이다. 아니, 수많은 갈등 속에서 치열하게 살면서도 외로움까 지 끌어안아야 했던 당신은 이미 큰 사람이 되었을 것이다.

그래도 형제가 있기에 행복하고 감사하다는 말로 글을 마 무리하고 싶었으나 그건 너무 현실적이지 못하다는 생각이

들어 그만두기로 했다. 당연히 장애를 가진 형제가 없었으면 좋겠다는 말이 아니다. 장애인의 비장애 형제로서의 삶이 얼마나 외롭고 무거운지를 쓰고 싶었고 나누고 싶었다. '동생에게 장애가 없었다면, 어릴 적 그 사고가 없었다면 더 좋았을 텐데…'라는 생각을 한두 번 한 것이 아니다. 장애가 있는 동생을 둔 덕에 매사에 감사할 수 있는 성숙한 사람이 된 건 사실이지만, 동생의 사고 전으로 돌아가 상황을 바꿀 수만 있다면 일말의 고민도 하지 않고 바꿀 것이기 때문이다.

상황은 변하지 않겠지만 여전히 나는 내 동생을 사랑한다. 그리고 앞으로도 외롭고 치열하게 살아가겠지만 주어진 이 자리에서 스스로 격려하고 위로하며, 또 사랑하며 살아갈 것이다.

나에겐, 조금 특별한 남동생이 있다.

특수교사의
숙명적 업무

신규 교사로 특수학교에 첫 발령을 받았을 때, 나는 남자아이만 다섯 명인 학급의 담임이 되었다. 심지어 실무원 선생님 대신 공익근무요원이 함께 있는, 내가 홍일점인 환경이었다. 그리고 유독 그해에는 신변처리를 도와주어야 하는 아이들이 많았다.

5월의 어느 월요일이었다. 교실에 고릿한 냄새가 퍼졌다. 한 아이가 바지에 대변 실수를 한 것이다. 할 수 없이 수업이 비는 선생님에게 우리 반을 부탁하고 고무장갑을 끼고 그 아이를 화장실로 데려갔다(특수학교 화장실에는 샤워기가 있다). 탈의를 시키고 바지에 묻어 있는 잔여물을 변기에 버린 뒤 휴지로 뒤처리를 하고 샤워기로 씻겼다. 그러곤 새 속옷과 바지로 갈아입혔다. "괜찮아. 실수할 수도 있어."라고 아이를 다독거리며 교실로 돌아왔다. 그런데 또 다른 아이의 표정이 이상하다. '아뿔싸, 너도?' 살펴보니 그 아이도 살짝 실수를 했다. 그 아이도 화장실로 데려가 뒤처리를 했다.

믿기지 않겠지만 그날 오전 중에만 우리 반 아이들 다섯 명 중 네 명이 대변 실수를 했다. 나는 네 명의 대변을 치우고 씻기고를 반복하며 오전을 보냈다. '주말 동안 나 빼고 단체로 맛있는 거 먹었나? 어떻게 월요일 오전에 네 명이 대변 실수를 할 수 있지?' 지금 생각해도 정말 혹독한 신고식이었다.

꼭 학교에 와서 대변을 보는 아이도 당연히 있었다. 집에서 일찍 보고 오면 좋을 텐데 싶었지만 어쩌겠는가. 이미 습관이 되었는걸. 또 다른 아이는 기저귀를 하고 다녔는데, 대변을 보고 나서 꼭 그 기저귀 안에 손을 넣고 저지레를 했다. 화장실을 놔두고 복도에서만 대변을 보는 아이도 있었다. 인간이 대변을 보는 양상이 그렇게 다양할 줄이야… 지금이야 웃으면서 추억할 수 있지만 당시엔 정말로 매일이 충격이었다.

사실 20대 중반의 신규 교사에게 대변을 치우고 중학생 아이들을 씻기는 것은 참 어려운 일이다. 아무렇지 않게 치우는 것은 절대 당연하지 않다. 사전에 학부모님들에게 허락도 받아야 한다. 아무리 어린아이 같아도 나와 성별이 다르기 때문이다. 특수교사라 할지라도 본인보다 더 큰 아이들의 대변을 치우는 일은 비위 상하는 고된 일일 수밖에 없다.

그런데 참 신기한 게, 신규 교사 시절에도 대변을 치우는 일이 도저히 할 수 없는 정도의 일은 아니었다. 힘들긴 했지만 할 만했다. 평소 비위도 약한 편인데 왜 그럴까 생각해 보니, 동생의 대변을 자주 뒤처리해 주었기 때문인 것 같다. 어렸을 때부터 부모님은 동생에게 일정량의 휴지를 떼는 방법, 휴지를 접는 방법, 뒤처리하는 순서나 방향 등을 교육했지만 결국 실패로 돌아갔다. 지금도 내 동생은 누군가의 도움이 있어야 뒤처리를 할 수 있다(그나마 비데의 보급으로 수월해진 부분이 있다).

부모님은 그래도 딸이라고 나에게 동생의 뒤처리를 부탁하진 않았다. 그런데 어쩔 수 없이 내가 해야만 하는 상황은 왔다. 동생과 둘만 집에 있는데 동생이 화장실을 가겠다고 하면 따라가서 도와주어야 했다. 또 엄마가 집안일을 하고 있거나 식사 중인데 동생이 화장실에서 부른다면 내가 가서 뒤처리를 해 줄 수밖에 없었다. 그렇게 나는 볼일 뒤처리를 도와주는 일에 단련이 되고 있던 것 같다.

아이들 화장실 보내기, 신변처리 돕기, 여학생의 경우 생리대 교체해 주기, 또 소변이나 대변 실수를 했을 때 그것을 치우고 아이를 씻기고 새 옷으로 갈아입히는 일 모두 특수교사의 주 업무에 속한다. 특수교사라면 그 누구도 피할 수 없는 숙명적인 업무인 것이다. 경험이 없는 신규 교사에게는 정말 힘든 일인데, 의도한 것은 아니었지만 나는 동생으로 인해 일상에서 자연스럽게 익히고 있었다. 일종의 예비교육을 받은 셈이었다.

특수학교에서 4년 가까이 일하며 그 어떤 업무보다 신변 처리와 대변 치우기의 달인이 되었다. 사실 참 보람되고 뿌듯한 일이다. 진짜 부모들만 하는 그 일을 특수교사와 특수교육 실무원이 부모의 마음으로 똑같이 하고 있다. 언젠가 내 자식이 태어나면 더 잘 해낼 수 있을 것만 같다. 대변 뒤처리에 자신 있다고 말하는 것 자체가 웃기긴 하지만, 이제 진짜로 자신 있다!

You ain't heavy

〈He ain't heavy, he's my brother〉라는 곡이 있다. 홀리스
(The Hollies)의 오래된 곡인데, 꽤 히트를 쳐 많은 가수가 리
메이크했다. 우리나라는 들국화의 리메이크곡이 유명하다.
그래서 노래를 잘 몰라도 들어 보면 귀에 익은 느낌을 받을
것이다.

이 곡의 모티브가 된 이야기가 있다. 한 소녀가 제 몸만 한
소년을 업고 길을 걷고 있었다. 사람들이 그 소녀에게 무겁지
않냐고 묻자 소녀가 이렇게 대답했다고 한다.

"전혀 무겁지 않아요. 제 동생인걸요!"

이 노래의 가사에 동생에게 장애가 있다는 말은 전혀 나

오지 않는다. 그런데 나에게는 평범한 맏이의 무게 그 이상이 느껴졌다. 제 몸만 한 동생을 업고 걸어야 했던 소녀에게 나름의 사정이 있지 않을까 추측해 보며, 나의 어린 시절을 돌아본다.

어린 시절 우리의 사진을 보면 거의 다 비슷한 포즈다. 동생은 다리 힘이 부족했기에 늘 내가 뒤쪽에 서서 동생 몸을 꽉 껴안거나 동생이 바로 서 있을 수 있도록 지탱해야 했다. 어떤 사진에서는 거의 동생의 멱살을 잡다시피 하면서 동생을 붙잡고 서 있다. 꽉 껴안고, 손을 붙들고, 때론 질질 끌면서라도 동생과 같이 살아 내려는 내 모습을 그 사진을 통해 본다. 남동생을 업고 먼 길을 가야 했던 그 소녀의 모습이 이 사진들, 내 삶 속에도 있는 것 같았다.

소녀는 정말로 동생이 무겁지 않았을까? 조그만 소녀에겐 남동생이 틀림없이 무거웠을 것이다. 걸으면 걸을수록 점점 감당하기 힘들어지는 동생의 무게에 인상이 찌푸려졌을지도, 주체할 수 없는 땀이 흘렀을지도 모른다. 그럴 때면 다시 자세를 고치고 동생을 올려 업으며 스스로 할 수 있다고 되뇌었을 수도 있다. 소녀는 무겁지 않다고, 자신의 동생이라고 말했다. 여기서 방점은 '무겁지 않다'가 아니라 '내 동생'에 찍힌다.

사랑하는 동생이기에 짐스럽지 않다. 이 말은 어쩌면 소녀의 다짐이었을지도 모른다. 이 노래의 'long, long road'란 가사처럼 걸어온 길보다 앞으로 가야 할 길이 더 멀기에, 무겁다고 인정하는 순간 바닥에 주저앉아 버릴 수도 있기에 소녀는 무겁지 않다는 말로 무장한 걸지도 모른다. 소녀는 그렇게 동생을 업고 계속 걸어 나갔을 것이다.

나는 'He'를 'You'로 고쳐 'You ain't heavy'라는 필명으로 글을 쓰기 시작했다. 'He'는 당사자가 아닌 제삼자에게 전하는 말 같았기 때문이다. 무겁지 않은 존재로 살아가길 바라며 직접 내 동생에게, 그리고 나의 제자들에게 말해 주고 싶었다.

"너흰 무겁지 않아. 결코 짐스러운 존재가 아니야."

삶의 무게가 진짜로 가벼워서가 아니라, 사랑하는 나의 동생이고 너무나 아름다운 나의 아이들이기 때문에 무겁지 않다고 말해 주고 싶었다. 계속해서 그들을 업고 혹은 그들의 손을 잡고 걸어야 하는 나의 마음을 스스로 다잡으면서 말이다.

내가내가병

버스에서 하차 벨을 누르고 싶어 안달을 부리는 아이들을 종종 본다. 다른 사람이 먼저 누르면 울음을 터트리는 아이들도 있다. 엘리베이터에서도 마찬가지다. 꼭 자신이 버튼을 눌러야 한다. 아마 대부분의 아이들이 성장하며 이런 단계를 거치지 않을까 싶다.

내 동생을 비롯해 장애가 있는 많은 아이들 중에도 특정 물건이나 행위에 집착하는 아이들이 있다. 나는 그것을 '내가내가병'이라고 부른다. 내가 보기엔 시답잖은 행위인데 아이들은 "내가! 내가!" 혹은 "내가 할 거예요!"라고 말하며 그 행동에 숭고한 사명감을 가지고 반드시 하고야 만다.

정말 지금 생각해도 아찔해지는 사건이 있다. 새내기 교사 시절, 교감, 교장 선생님을 비롯한 많은 선배 교사들 앞에서 수업을 진행하는 공개수업 날이었다. 준비한 대로 척척 진행되어도 덜덜 떨기 마련인데 그날 하필 한 아이의 '내가내가병'이 발현되고 말았다. PPT로 만든 수업 자료를 교실 TV 화면에 띄우고 한 슬라이드씩 넘기며 수업을 하고 있는 도중, 한 아이가 "내가! 내가!"를 외치며 달려 나왔다. 선생님이 프레젠터로 슬라이드를 넘기는 행동에 꽂힌 것이다. 그렇게 뛰쳐나온 아이는 그 프레젠터로 휙휙 슬라이드를 순식간에 다 넘겨 버렸다. 망했다. 그야말로 망했다. 지금이야 아이들의 돌발행동까지 있는 그대로 보여 주는 게 공개수업이라 생각하지만, 신규 교사 시절의 나는 준비한 것을 제대로 보여 주지 못했다는 속상함이 더 컸다.

내 동생에게도 '내가내가병'이 있다. 엄마나 내가 설거지를 하고 있으면 꼭 옆에서 지키고 서 있다가 다 세척된 그릇을 건조대에 올리는 행동을 본인이 하려고 한다. 만약 그 행동을 무시하고 내가 그냥 그릇을 올려놓으면 그릇을 내렸다가 다시 올려놓는다. 이럴 거면 네가 설거지 좀 하라고 말해 주고 싶다. 또 불을 끄는 행동도 자신이 하려고 한다. 불을 켜는 것은 그 누가 해도 상관 안 하지만 불을 끄는 일은 반드시 자신이 해야 한다. 문을 닫는 행동도 마찬가지다. 발코니, 현관, 방,

화장실, 심지어 냉장고 문까지 가리지 않고 식구들을 따라다니며 문지기를 자청한다.

대체로 여유가 있을 때는 '내가내가병'을 진득하게 참아 준다. "그래, 네가 하렴." 그런데 여유가 없이 바쁘거나 예민할 땐 그 모든 게 짜증스럽기만 하다. 바빠 죽겠는데 빨리 안 나오고 문을 열고 다시 닫고 있거나, 무거운 짐을 들고 들어오는 나는 아랑곳하지 않고 현관문을 닫기 위해 나를 밀칠 때는 속이 터진다. 학교에 있는 아이들에겐 티를 내지 못하지만 동생에겐 그 짜증을 분출하기도 한다. "이럴 거면 네가 다 해." "빨리 나가야 하니까 그만하고 나와!" "일 두 번 하게 만들지 말라고!" 이런 말이 입 밖으로 나올 때도 있다.

'내가내가병'은 왜 나타날까? 왜 특정 소모적인 행동에서만 나타나는 걸까? 일단은 본인이 쉽게 할 수 있는 일에서 "내가!"가 나오는 것 같다. 불 끄기, 문 닫기, 버튼 누르기 등 큰 노력 없이도 손쉽게 할 수 있는 일이다. 그럼에도 결과는 뚜렷하게 나타난다. 투입 대비 산출이 너무나 명백하여 자신의 행위가 두드러져 보이기 때문인 것 같기도 하다.

그리고 '내가내가병'은 아무래도 자기 주도성과 관련이 있는 것 같다. 에릭슨의 인간 발달 단계에 따르면 3~5세경에 주도성이 발달한다고 하는데, 생각해 보니 버스에서 자신이 벨을 누르려고 하거나 엘리베이터 버튼을 누르려고 한 아이들의 나이가 그 정도였던 것 같다. 장애가 있는 우리 아이들은 다소 느린 속도로 성장하니, 몸은 다 큰 성인이라도 이제 그 단계를 거치고 있는 것 같기도 하다. 그 단계를 넘어 다음 단계로 나아갈지, 계속 그 단계에 머무를지는 모르지만 어쨌거나 발달 단계를 따르고 있다니 이해하기 힘든 행동에 대한 짜증스러움이 좀 가시는 것 같다.

요즘은 '내가내가병'을 역으로 이용하고 있다. 세상의 수많은 누나가 그러하듯 잠들기 전 침대에 누워 큰 소리로 동생 이름을 부른다. 곧 동생이 내 방에 들어오면 "불 좀 꺼 줘!"라는 부탁을 한다. 불 끄는 데 투철한 책임감을 가진 동생이라 좀 덜 미안하다. 동생의 이름을 불러도 나타나지 않는다면 그 다음은 필살기다. "안 오면 불 내가 끈다?!" "누나가 문 닫는다?!" 사실 불을 끄기 위해 몸을 일으킬 생각은 추호도 없다. 말만 그렇게 할 뿐. 그 필살기에 동생은 달려오다시피 내 방에 온다. 참 이상한 협박이다.

본인이 진짜로 해야 하는 일에 "내가! 내가!" 좀 했으면 좋겠지만, 나부터 꼭 해야 하는 일은 하기 싫어 하기 때문에 그런 기대를 하는 건 과한 욕심이다. 그러니 욕심일랑 접어 두고 앞으로도 내 방문과 전등 스위치 관리를 맡겨야겠다. 나는 오늘도 자기 전에 동생을 큰 소리로 부를 것이다.

장애인은
세금 루팡?

5년도 더 지난, 내가 특수학교에서 근무할 때의 이야기이다. 아이들의 하루는 아침에 등교하여 우유를 마시는 일로 시작된다. 특수교육 대상 학생들에게 제공되는 우유는 무료다. 즉 세금으로 제공된다는 말이다. 아이들에게 한창 우유를 먹이고 있는데 옆에 있던 특수교육 실무원 선생님이 한마디를 던졌다.

"사실 장애 아이들에게 들어가는 막대한 세금이 아깝다는 생각이 좀 들어요. 고등학생인 우리 아들한테 들어가는 비용도 어마어마한데…. 차라리 일반학교 애들한테 지원을 늘리는 게 국가경쟁력에 도움이 되지 않겠습니까?"

와! 특수교육기관에서 일하시는 분이 이런 생각을 하고 있다니, 전혀 눈치채지 못했다. 평소 아이들에게 한없이 자상하고 인자한 어머니 같은 분이었는데…. 순간 욱했지만 잘 모르시면 그런 말을 할 수도 있겠다란 생각이 들어 꾹 참았다. 그래도 뼈 있는 한마디는 하고 싶었다.

"선생님은 나중에 노령연금 안 받으실 건가요?"

그분이 왜 그렇게 말했을까 곰곰이 생각해 보았다. 아이들에게 무상으로 제공되는 것이 무엇이 있나 생각해 보니 우유급식, 점심 급식(지금은 일반 중학교도 무상급식이지만), 월 10만 원 남짓한 치료비, 교과서 대금, 스쿨버스 이용비 등이 있었다. 많은 사람이 그렇게 생각할까? 밑 빠진 독에 쏟아붓는 아까운 세금 정도로 생각하고 있을까? 우리 아이들을 정말 세금이나 축내는 존재로 인식하고 있을까?

너무 당연한 소리지만, 세금의 투입은 투자가 아니다. 투입을 했으면 그 이상의 가시적인 성과를 내야 하는 투자가 아니란 말이다. 실무원 선생님의 생각은 세금을 투입하는 것을 경제적 효용성의 측면에서만 바라보았기 때문에 생긴 사고의 오류로 보인다. 마치 생산 활동을 함으로써 이 사회에 이바지하는 비장애인들의 시혜로 불쌍한 장애인들이 먹고산다고 생각하는 것과 같다. 얼마나 많은 사람이 장애인들에 대한 지원을 은혜를 베푸는 것 정도로 생각할지 염려스럽다.

비슷한 일은 또 있었다. 엄마와 동생, 나, 그리고 엄마의 지인 한 분이 우리 집 차를 타고 이동하고 있었다. 대교 몇 개를 건너는 동안 톨게이트에서 장애인 복지카드를 보여 주고 요금을 감면받았다. 그리고 공영 주차장에서도 장애인차량으로 주차 요금을 감면받았다. 엄마의 지인은 그 장면을 보고 좋겠다는 뉘앙스로 말했다. 복지카드를 무슨 암행어사 마패처럼 보기라도 한 걸까? 그분에겐 우스갯소리였을지도 모른다. 그러나 나는 또 한번 올라오는 그 말을 마음속으로 삼켰다. 동생이 비장애인이 될 수만 있다면 이런 요금의 수십, 수백, 수천 배도 낼 수 있다고. 어떤 사람은 이러한 지원을 거저 받는 특혜로만 보는 것 같다.

물론 반대의 상황도 있다. 특수교육 대상 아이들과 현장 체험학습을 나가면 체험비를 비롯한 식사비, 간식비를 예산에 포함시킬 수 있다. 나는 아이들과 밖에서 식사를 할 경우 "감사합니다. 잘 먹겠습니다."라는 인사를 시키곤 하는데, 어느 날 우리 반에서 제일 똑똑한 아이가 나에게 대뜸 뾰족한 말을 던졌다.

"이거 우리 엄마 아빠가 낸 세금으로 먹는 건데 왜 감사하단 말을 해야 해요? 원래 우리 앞으로 나온 돈이잖아요?"

누가 이 아이에게 이렇게 가르친 것일까? 어디서 무슨 이야기를 들은 것일까? 순식간에 많은 생각이 머릿속을 스쳤다. 나는 그 아이에게 차분히 설명해 주었다. 엄마 아빠도 물론 세금을 내시지만 선생님을 비롯하여 이 식당 사장님, 종업원 아주머니, 그리고 저기 옆 테이블에 앉아 있는 사람들, 저 밖에 길을 지나가는 사람들도 다 세금을 낸다고. 많은 분들이 세금을 내 주시기에 우리가 이렇게 좋은 체험도 하고 밥도 먹는 것이라고 말이다. 그리고 특수학급으로 온 세금을 어떻게 쓰는지는 선생님이 결정하는 것이라는 말도 덧붙였다. 이 세금으로 책만 잔뜩 사서 교실에서 연필 잡고 공부만 할 수도 있지만, 너희에게 다양한 경험을 시켜 주고 싶어서 책을 사 보는 대신 이렇게 체험을 나온 것이고 밥도 사 먹는 것이라고. 잔소리 같은 설명이 여기까지 이어지면 아이들은 어느 정도 수긍하는 눈빛을 보인다.

세금을 내는 사람도 집행하는 사람도 효용이 떨어진다고 생각하는 모습이고, 지원비를 받는 쪽에서도 너무 당연하게 생각하는 모습이라 여전히 답답하고 기분이 이상하다. 세금 낸다고 생색낼 것도 없고 세금으로 지원받는다고 위축될 것도 없다. 물론 너무 당연하다고 생각한다면 문제가 되겠지만. 그리고 나와 같은 사람은 주어진 예산을 기간 내에 빨리빨리 써야 하는 돈으로 생각하지 않고 몇 번이고 심사숙고해서 필요한 영역에 제대로 사용하면 되는 것이다.

우리 아이들 중 몇몇은 학교를 졸업한 후 취업을 하여 세금을 내는 사람이 될 테고 몇몇은 지속적인 지원을 받으며 살아가게 될 것이다. 어느 쪽도 이상할 건 없다. 세금을 얼마나 내는지가 우리 사회의 구성원으로 인정받는 기준이 되진 않는다(고액 체납자 제외다). 모두가 이 사회의 구성원이다. 사회의 지원을 받는 것을 특혜라고 생각하지 않았으면 좋겠다. 인간다운 삶을 위한 최소한의 수혈을 말이다.

부디 우리 아이들에게 제공되는(사실 그리 폭넓게 제공되는 것도 아니지만) 그 지원을 시장의 논리로 보지 않았으면 한다. 우리 아이들은 세금을 갉아먹는 존재도, 세금 루팡도 아니다.

선생이라는 사람이
애 안 보고 뭐 했어요?

연차가 어느 정도 쌓인 뒤부터 나의 하루는 아이들의 얼굴이나 몸에 상처가 있는지 없는지 확인하는 일로 시작된다. 장애가 있는 아이들이다 보니 위험한 상황을 잘 인지하지 못해서 다치는 경우도 있고, 어디에 부딪치거나 긁혀도 아프다고 표현하지 못하는 경우도 많아 늘 아이들의 상처를 뒤늦게 발견하기 때문이다. 그렇기에 상처가 생긴 시간대나 그 원인을 파악하는 일은 학부모와 교사 모두에게 중요한 업무가 되어 버렸다.

종종 오해를 사는 경우도 있다. 아이에게 상처가 생겼는데 분명 학교에 보낼 때는 상처가 없었으니 어디서 어쩌다 상처가 생겼는지 알려 달라는 내용의 전화가 종종 왔다. 커터 칼로 그은 자국 같은 게 생겼으니 알아봐 달라고 하시거나, 허벅지에 든 멍을 왜 학교에서는 못 봤냐고 따지시기도 했다(긴 바지를 입고 있는데 그걸 발견하는 게 더 이상하지 않나요…). 게다가 아이는 집에서 엄마가 맴매했다고 하는데 자꾸 학교에서 누군가에게 맞고 온 것 같다고 토로하시는 어머님도 계셨다.

학부모님들의 마음이 이해되지 않는 건 아니지만, 가끔은 아이들의 몸에 난 상처가 오해와 왜곡으로 덧나 내 마음속에서 진물이 되어 버리기도 했다. 어느 날 우리 반 아이의 얼굴에 상처가 생기는 일이 발생했다. 걷는 것이 서툴렀음에도 불구하고 뛰어다니는 것을 좋아할 만큼 에너지가 넘치는 아이였다. 그렇게 어설프게 뛰어다니다가 교실 책걸상에 걸려 넘어지거나 다른 아이들과 부딪치는 사고가 일어나기도 했다. 그래서 하루는 교내에 있는 트램펄린으로 아이를 데리고 갔다. 거기서는 아이의 에너지를 발산시킬 수도 있고 크게 다칠 일도 없겠다고 생각했기 때문이었다. 아이는 내 예상대로 아주 신나 했다. 트램펄린을 처음 타 본 것처럼 그 어느 때보다 방방 뛰었다. 아이의 손을 잡고 한참 함께 뛰다가 "이제 내려오자." 했는데 그 순간 아이가 미끄러지면서 트램펄린의 거친 부분에 관자놀이를 긁히고 말았다.

아이가 다쳤다는 사실에 너무 놀라 일단 아이를 데리고 보건실로 갔다. 다행히 핏방울이 살짝 맺힌 정도라 소독을 하고 습윤밴드를 붙이고 돌아왔다. 그리고 어머님께 연락을 드려 자초지종을 말씀드렸다. 어머님께선 하교 시간에 맞춰 아이를 데리러 가겠다는 이야기를 하시고는 전화를 끊었다. 6교시가 끝나고 어머님께서 아이를 데리러 와 상처를 직접 살펴보셨다. 그러곤 나에게 폭격을 날리기 시작하셨다.

"선생님은 애도 제대로 안 보고 뭐 했어요?"

그 말을 듣는데 마음이 아려 왔다. 물론 내가 지도하고 있는 동안 아이가 다쳤고, 그것도 얼굴을 다쳤으니 어머님의 속상한 그 마음을 모르는 건 아니었다. 그랬기에 죄송하다는 말부터 했다. 그러나 어머님은 나의 죄송하다는 말에 대꾸도 하지 않으시고 아이를 데리고 뒤돌아섰다. 그러곤 "선생이라는 사람이…"라고 다 들리게 혼잣말을 하며 걸어가셨다. 차마 따라갈 수 없어 돌아섰다. 그렇게 교무실로 돌아가다 급히 화장실에 들어갔다. 갑자기 눈물이 쏟아졌다.

'애를 안 보다니, 애를 보다가 그런 건데… 아니 본다는 말 자체가 이상한 거 아닌가? 아무리 특수학교라지만 여기가 교육기관이지 보육 기관은 아닌데. 애를 위해서 트램펄린을 태웠지 나 편하자고 태웠나? 왜 굳이 내 점심시간 할애해 가며 애를 트램펄린에 태웠을까. 이래서 해 주고도 욕먹는 거지. 내가 왜 죄송하다고 말했을까. 나 별로 안 죄송한데. 아니, 활동하다가 다칠 수도 있지. 그럼 앞으로 그 아이에겐 아무것도 시키지 말아야 하나? 아이의 교육보다는 안전만 생각해야 하나? 이제 진짜 아무것도 안 시켜야지.'

화장실 칸 안에서 오만 가지 억울함이 뿜어져 나왔다. 그 일이 있고 나서 얼마 동안 내 교육 방침은 '안전제일'이 되었다. 무슨 활동을 하더라도 아이들이 다칠까 봐 전전긍긍했다. 사실 아이들이 활동 중에 다치는 일은 아주 흔하다. 체육 시간에 넘어지거나 공에 맞는 일, 조립 활동 등의 작업을 하다 손을 긁히는 일은 다반사다. 바리스타 교육을 할 때는 화상의 위험도 있다. 이렇게 따지면 가만히 앉아 책만 읽는 일도 종이에 손을 베일 위험이 있는 것이다. 아이의 몸에 상처가 날 것이 두렵다면 아무것도 하지 않고 안전한 매트 위에서 가만히 누워만 있게 해야 하는 것이 아닐까.

그때나 지금이나 나의 교육 철학은 조금 다치고 넘어지더라도 할 수 있는 활동은 다 해 봐야 한다는 것이다. 손이 베일 것을 걱정해 칼 사용을 아예 금지하는 것보단 사용법을 차근차근 익히게 한 뒤 사과를 제 손으로 깎아 먹는 기쁨을 알게 하는 게 교육이다. 무릎이 좀 깨지고 딱지가 생기더라도 마음껏 뛰게 하고 스케이트와 자전거를 타게 하고 싶다. 힘이 좀 들더라도, 설령 멍이 들지언정 엘리베이터를 이용하기보단 스스로 걷는 연습을 시키고 계단 오르내리는 방법을 가르치는 게 나의 일이다. 흉터 하나 없이 깨끗하고 뽀얀 피부를 지켜 냈으나 아무것도 할 줄 모르는 것과 흉터와 굳은살이 생길지 라도 스스로 할 수 있는 일이 하나둘씩 느는 것 중에서 과연 무엇이 더 가치 있다고 할 수 있겠는가.

어머님이 그 말을 던졌을 땐 나는 햇병아리 교사였기에 아무 말도 할 수 없었다. 이미 단단한 방어막으로 무장한 어머님에겐 내가 무슨 말을 해도 무능한 교사의 변명으로 들렸을 것이다. 하지만 나의 생각과 교육 철학엔 조금도 변함이 없다. 또 그런 소리를 듣게 된다 해도, 어쩌다 아이들이 넘어지고 상처가 생긴다 하더라도 아이들이 학교에서 할 수 있는 것이 있다면 뭐든 함께할 생각이다. 그것이 나의 일이다.

축하할 수 없는
졸업

2월, 바야흐로 졸업 시즌이다. '졸업'이라는 단어에는 참 복잡한 감정이 담겨 있다. 친구들과 헤어짐에 대한 아쉬움, 정든 교정을 떠난다는 섭섭함과 같은 무거운 마음도 있지만 동시에 새로운 시작에 대한 기대감과 설렘도 있다. 그럼 우리 아이들, 발달장애인들에게 있어 졸업은 어떤 의미일까?

특수학교나 특수학급에서 졸업식은 조금 천천히 왔으면 하는 행사 중 하나다. 해가 바뀌면 학교의 정규과정을 잘 따라와 준 아이들에게 그동안 수고했다고 격려를 보내는 것은 마땅하나, 아이들에게 곧 다가올 새로운 시작이 그리 밝지만은 않기에 졸업을 축하한다는 말이 도통 입에서 나오지 않는다. 아이들이 졸업 후 갈 수 있는 곳이 그리 많지 않기 때문이다. 취업을 하거나 대학교에 진학하는 아이들은 정말로 극소수다. 그마저도 직장 생활에 적응하지 못하고 몇 개월 만에 집으로 돌아오는 경우가 많다. 직업 기능이 어느 정도 있는 아이들은 전공과 과정에 진학하여 1~2년 더 학교를 다닐 수 있게 된다. 하지만 입학 경쟁률이 명문대를 넘어설 만큼 높은 편이다. 제일 많은 아이들이 찾는 곳이 주간보호센터인데, 장애인 수에 비해 주간보호센터가 터무니없이 부족해 예약을 걸어 놓고 몇 년이고 기다리는 경우도 있다. 게다가 신변처리가 어렵거나 공격성이 있는 아이들은 신청하기도 어렵다. 결국 수많은 아이들이 집으로 돌아가게 되는 것이다.

내 동생도 특수학교를 졸업하고 한동안 학교앓이를 심하게 했다. 학교에 가는 낙으로 살던 동생에게 이제는 학교에 갈 수 없다고 가르쳐야만 했다. 졸업의 의미를 정확하게 모르는 동생에게 앞으로 학교에 갈 수 없다는 말은 청천벽력과 같았을 것이다. 사랑하는 것과 이별해야 할 때 느끼는 충격과 아픔을 느꼈을지도 모르겠다. 동생이 아침마다 학교에 간다며 나서는 통에 우리 가족은 몇 달간 동생과 씨름을 해야 했다. 그리고 우리 동네를 지나다니는 노란 스쿨버스를 우연히라도 만나면 하염없이 그 버스를 바라보고 손가락으로 가리키며 서 있었다. 동생은 결국 입소 신청을 해 놓은 주간보호센터에 자리가 생길 때까지 1년 반 정도의 시간을 집에서 보내야 했다. 그 1년 반이란 시간은 우리 가족에게 있어서 잘라내 버리고 싶은 암흑의 시간이었다.

학교에서는 아이들에게 사회에서 사람들과 더불어 살아가는 방법을 가르치고 직업적 소양과 기능을 키워 주기 위해 계속해서 교육하는데 결국에 돌아가는 곳이 집이라니, 참 아이러니하다. 그리고 씁쓸하다. 내일도 여전히 노란 스쿨버스를 탈 수 있을 것이라 생각하며 신나는 발걸음으로 하교하는 아이들의 뒷모습을 보고 있으면 나도 모르게 눈물을 훔치게 된다. 의미를 알지 못한 채 〈이젠 안녕〉을 신나게 따라 부르는 아이들의 모습에 마음 한쪽이 무너진다. 시간을 멈추게 할 능력이 없음에, 그리고 지나가 버린 아이들의 하루하루를 최선을 다해 채워 주지 못한 것 같다는 죄책감에 교사인 나로서는 미안함과 후회만 남는 졸업식이 된다.

한동안 아이들이 내 동생처럼 학교앓이를 할지도 모르고 새로운 생활에 익숙해지기 위해 고통의 시간을 보내야 할지도 모른다. 그리고 곁에서 지켜보는 가족들의 몸과 마음도 함께 무너질지도 모르겠다. 게다가 요즘은 코로나19로 인해 바깥 활동도 자유롭게 할 수 없고 새로운 활동을 하는 것도 힘들어졌다. 얼른 이 어둠이 지나가고 우리 아이들에게 반짝반짝 빛나는 삶이 찾아왔으면 좋겠다. 그리고 우리 아이들의 졸

업을 마음껏 기뻐하고 축하해 줄 수 있는 날도 하루 빨리 찾

아오길 바란다.

무례하기
그지없는 평가

10년 정도 된 이야기다. 친구 집에 놀러 갔다가 거실에서 친구네 부모님과 다 함께 TV를 보게 되었다. 〈인간극장〉이었는지 비슷한 휴먼다큐멘터리였는지 구체적으로 기억나진 않는데, 사고로 식물인간이 되어 음식을 삼키지도 못하고 의사소통도 하지 못하는 한 사람이 나왔다. 튜브를 통해 음식을 섭취하고 가족들이 돌아가며 간병을 하는 모습을 보고 있자니 안쓰럽고 애잔했다. 그때 친구 아버지께서 말씀하셨다.

"저렇게 살 바에는 차라리 죽는 게 낫지. 1급 장애인 정도면 차라리 죽는 게 가족들한테도 낫다."

나는 이 말을 듣자마자 얼른 집으로 돌아가고 싶어졌다.

그러나 나의 친구와 그의 어머니는 미세한 표정 변화도 없었다. 나의 불편한 감정을 그 누구도 눈치채지 못한 것이다. 어떤 의도로 그런 말씀을 하셨는지 어렴풋이 짐작은 된다. 아마 나를 의식하지 못하시고 자연스레 나온 말이었을 것이다. 그러나 그 친구 아버지는 나에게 중증장애인 동생이 있다는 사실도 알고 계셨고, 내가 특수교사를 꿈꾸고 있는 것을 아시고 자주 칭찬과 격려를 해 주시던 분이었다. 그랬기에 충격은 더 컸다.

내 동생의 장애 등급이 1급이라는 걸 모르셔서 그랬을까? 장애인 등급제가 폐지되기 전이긴 했다. 그런데 그게 뭐가 그리 중요하다고 생명의 존엄성을 등급에 따라 함부로 판단하는 것일까? 같이 살아 보지도 않았으면서, 책임질 것도 아니면서 무슨 권리로 어느 것이 더 낫다고 단언할 수 있는 것일까? 나에게는 귀한 가족이자 형제인데 한순간에 살아갈 가치가 없는 사람으로 평가된 것에 일순간 분노가 올라왔다.

김원영 변호사의 『실격당한 자들을 위한 변론』(사계절출판사)에 '잘못된(wrongful) 삶'에 대한 이야기가 나온다. 1990년대 중반에 강원도에 사는 한 부부가 산부인과 의사를 상대로 소를 제기했다. 부부는 해당 산부인과에서 양수검사까지 받았고 의사로부터 아이가 건강하다는 진단을 받았다. 그러나 태어난 아이는 다운증후군을 가지고 있었다. 이에 부부는 의사가 다운증후군을 제대로 진단하지 못해 자신들이 장애아를 출산하게 되었다며, 정신적 충격으로 인한 손해와 앞으로 들어갈 막대한 양육비에 대한 배상을 요구했다. 이와 같은 소송은 우리나라뿐만 아니라 세계 각지에서 있는 일이라고 한다. 이 소송의 결과에 대해 책에선 이렇게 말한다.

"이 사건에서 법원은 차마 장애를 손해라고 판단하지 못했다. 그렇다고 하여 법원이 장애를 정체성의 일부로 적극 수용하는 입장을 취해왔던 것도 아니다. 우리는 '잘못된 삶'이라고 규정된 사람들이 스스로를 수용하는 것을 넘어서, 법과 제도의 수준에서 자신이 수용될 수 있도록 해온 노력을 살펴볼 때가 되었다. 이 세상에 잘못된 삶이란 없다는 우리의 변론이 성공하려면, 정치 공동체 일반이 그것을 수용할 수 있음을 보일 필요가 있기 때문이다."

어떻게 차라리 죽는 게 낫다고 얘기할 수 있을까. 이 세상에 존재하지 않는 게 장애를 가지고 살아가는 것보다 낫다고, 어떻게 말할 수 있단 말인가. 장애는 비장애보다 가치가 없다는 말인가. 누가 그들의 삶을 평가할 수 있는가. 삶의 목적이 꼭 무언가를 성취하거나 타인을 즐겁게 하는 데 있는 게 아니다. 그러나 일부 사람들이 겉보기에 아무것도 할 수 없을 것 같다는 이유로 이들의 삶을 '잘못되었다'고 판단하고 평가한다. 나는 장애가 있더라도 내 동생이 존재하는 편이 훨씬 감사한데, 어째서 당사자도 가족도 아닌 사람이 그런 말을 할 수 있는 것일까?

혹여 이런 생각을 가지고 있다 하더라도 그 생각을 함부로 내뱉진 않았으면 한다. 그 말을 듣는 누군가에게 질병이나 장애를 가지고 살아가는 가족이 있을 수 있다는 것을 명심하길 바란다. 어떠한 질병이나 장애를 '잘못된 것' '열등한 것'으로 보아서는 안 된다. 다른 특성과 정체성을 가진 것뿐이다. 그 누구도 타인의 삶을 'wrongful(잘못된)'이라 평가할 수 없다. 우리의 삶은 저마다의 'worthful(가치 있는)'이다.

가족화장실

동생이 중학생 때 엄마와 나, 동생 셋이서 백화점엘 갔다가
낭패를 당한 적이 있다. 우리는 평소처럼 옷 매장을 둘러보
고 그릇도 구경했다. 그러던 중 동생이 조금 이상하다는 것을
알아차렸다. 바지에 소변 실수를 한 것이다. 엄마는 나와 동
생을 백화점 비상계단 쪽에서 기다리게 하곤 황급히 동생의
새 바지를 사 왔다. 그러나 그다음이 문제였다.

화장실에서 처리를 하고 새 옷으로 갈아입혀야 하는데 엄
마와 나는 둘 다 여자, 반면 동생은 남자였다. 이럴 땐 어느
화장실에 데리고 가야 할까? 엄마가 남자 화장실에 들어갈
수도 없는 노릇이었지만 다 큰 동생을 여자 화장실에 데리고

갈 수도 없었다. 게다가 그 당시엔 장애인 화장실도 보편화되어 있지 않았고 있더라도 여자 화장실과 남자 화장실 내에 따로 설치되어 있어서 함께 들어갈 수 없었다.

결국 우리는 가장 한적한 층의 여자 화장실을 공략하기로 했다. 내가 먼저 여자 화장실에 들어가 아무도 없는 것을 확인하고 서둘러 엄마와 동생을 여자 화장실 안으로 들여보냈다. 화장실 안에서 엄마가 동생의 몸을 닦아 주고 옷을 갈아입히는 소리가 들렸다. 곧이어 화장실에 사람들이 들어왔다. 식은땀이 났다. 혹시나 남자인 동생이 여자 화장실에 있는 것을 들킬까 봐, 동생이 말을 하거나 소리를 낼까 봐 조마조마했다.

우리는 사람들이 다 빠져나가길 기다렸다. 사람이 다 나갔다 싶으면 새로운 사람이 들어왔고 오랫동안 화장을 고치며 있기도 했다. 한참을 기다린 끝에 때가 찾아왔다. 나는 황급히 "엄마!" 하고 외쳤고 엄마는 동생에게 후드를 뒤집어씌우고 데리고 나왔다. 후다닥 셋이 뛰어나오는데 입구에서 화장실에 들어오려던 사람과 마주쳤다. 그 사람은 머뭇거리긴 했지만 딱히 의심은 하지 않는 것 같았다. 우리는 백화점 매장에 들어서서야 안도의 한숨을 쉴 수 있었다.

보호자와 장애인의 성별이 다를 경우, 특히 장애인이 혼자서 화장실을 이용할 수 없을 경우엔 어떻게 해야 하는 것일까? 쾌적한 편의시설을 자랑하는 백화점에서조차 이런 상황이었으니 다른 곳의 사정이야 사실 안 봐도 뻔했다. 요즘 장애인 화장실이 많아졌다곤 하나 작은 건물을 보면 비장애인 화장실도 공용이거나 한 칸짜리인 경우도 많지 않은가. 이럴 땐 또 어떻게 화장실을 이용해야 할까?

김원영 변호사가 비슷한 맥락으로 '오줌권'에 대해 말한 적이 있다. 사실 밥은 한 끼 굶는다고 해서 큰일 나지도 않거니와 오래 외출해야 할 때는 집에서 미리 배불리 먹어 두면 되니 융통성 있게 대처할 수 있는 여지가 많다. 그러나 대소변과 같은 생리현상은 미리 대비하기도 힘들고 마냥 참을 수도 없다. 만약 외출을 했는데 이용할 수 있는 화장실이 없다면, 데이트나 중요한 미팅 중에 화장실을 찾아 배를 붙잡고 하염없이 떠돌아다녀야 한다면 그들의 '오줌권'은 과연 보장된다고 말할 수 있을까?

그로부터 몇 년이 지난 어느 날 백화점에서 마주한 화장실은 그 백화점 이름처럼 신세계였다. 바로 '가족화장실'이었다. '바로 이거'라는 생각이 들었다. 가족화장실은 어린 자녀를 둔 부모들이 함께 이용하기에도 편리하겠지만 보호자의 도움이 필요한 장애인이나 휠체어 사용자, 유아차 혹은 여행용 캐리어를 끌고 있는 사람들, 그리고 고령의 어르신들도 충분히 편리하게 이용할 수 있을 것 같았다. 또한 가족화장실이란 이름에 누구나 사용할 수 있다는 의미가 담긴 것 같아 더 흡족스러웠다.

진작에 가족화장실이 있었다면 쿵쾅대는 심장을 붙잡고 여자 화장실 앞에서 망을 보지 않아도 됐을 것이다. 이러한 변화를 시작으로 모든 이들이 자신이 가진 조건과 무관하게 이용할 수 있는 공간이 점차 많아졌으면 좋겠다. 어떤 이에겐 그리 거창해 보이지 않는 변화겠지만, 나를 비롯한 누군가에겐 작은 구원이다.

2의 의미

내 동생은 어렸을 때부터 똑같은 물건을 두 개씩 가지고 노는
걸 좋아했다. 숟가락, 볼펜, 빨래집게, 공병, 꼭 두 개씩 가지
고 놀았다. 의미 있는 행위라기보다는 그저 그것들을 손가락
사이에 넣고 흔든다거나 불규칙적으로 돌리는 간단한 놀이
였다. 처음부터 두 개씩 준비가 된 것도 아닌데 희한하게 어
디선가 하나를 더 찾아 와 쌍을 만들곤 했다. 일상생활에서
쉽게 찾을 수 있는 작은 물건 한 쌍이 동생에게는 더할 나위
없이 좋은 놀잇감이었다.

　교사 생활을 하다 보니 두 개에 집착하는 아이들을 꽤 보
게 되었다. 음료수 뚜껑도 두 개, 장난감 자동차도 두 대, 작

은 공도 두 개. 비슷한 물건을 두 개씩 들고 다니는 아이들도 있었지만 짝수를 고집하는 아이들도 많았다. 물건의 개수를 짝수에 맞추는 것을 넘어 어떠한 행동도 짝수로 해야 하는 아이들도 있었다. 박수를 쳐도 세 번만 치면 꼭 "한 번 더!"라고 말하며 짝수에 맞춘다든지, 지나가다 오른쪽 어깨가 부딪치면 다시 가서 왼쪽 어깨도 부딪치고 온다든지, 간식으로 준 젤리의 수가 홀수이면 자신이 가진 한 개를 반납해서라도 짝수로 맞추는 것이다.

홀수를 고집하는 아이들은 거의 없는 반면 두 개 혹은 짝수를 고집하는 아이들이 이렇게 많은 이유는 무엇일까? 장애 유형도, 개성도 제각각인 아이들이 종종 비슷한 특성을 보이는 것을 보니 짝수가 무의식적으로 안정감을 주는 숫자일지도 모르겠단 생각이 들었다. 짝을 짓는다는 것, 쌍을 이룰 수 있다는 것에서 오는 안정감. 혹은 하나가 없어지더라도 하나가 남는다는 안도감일지도 모른다. 그런 것에 관심 없어 보이는 우리 아이들에게도 짝을 짓고 둘씩 묶을 수 있다는 것은 의미 있는 일인가 보다.

우리의 삶에서 짝수는 실로 안정감을 준다. 그 누구도 홀로 살아갈 수 없으니 우리 아이들에게도 짝이 필요하겠구나, 곁에 있어 줄 친구를 원하고 있겠구나란 생각이 든다. 눈 맞춤이 어려운 아이, 혼자 웃는 아이, 스킨십을 싫어하는 아이,

상호작용이 어려운 아이, 함께하는 즐거움을 모르는 것 같은 아이. 정말 이 아이가 친구를 필요로 하나 싶은 생각이 들어도 결국 비장애인으로서의 생각일 뿐이다. 함께 묶일 수 있다는 안정감, 누군가 곁에 있다는 안도감은 그 누구의 인생에도 꼭 필요한 것이 아닐까. 아이들이 조금 다른 방식으로 친구를, '둘'을 말하고 있는 것인지도 모른다.

흉터

사회생활을 통해 만난 사람들은 나에게 "사랑 듬뿍 받고 자란 것 같다." "귀하게 자란 것 같다."란 말을 종종 건네곤 한다. 그럴 때마다 뭐라 대꾸해야 할지 몰라 그저 웃어 버리거나 "칭찬으로 감사히 받아들이겠습니다."라고 답했다. 나를 가까이에서 봐 온 사람들은 내 삶이 그것과는 전혀 다르다는 것을 알 테지만, 사실 나는 사람들에게 그렇게 보이고 싶어 했다.

나는 나의 흉터를 숨기며 살고 싶었다. 비록 속은 곪아 터지고 진한 상처의 흔적이 남았을지라도 겉으로는 아무것도 모르는 양, 사랑만 듬뿍 받으며 살아온 새침데기 같아 보이고 싶었다. 안 아픈 척, 괜찮은 척, 그렇게 하면 흉터 대신 새살이 돋아날 줄만 알았다.

생각해 보면 모든 흉터가 보기 싫은 건 아니다. 어머니가 출산의 흉터를 부끄러워하겠는가. 잉태의 흔적은 언제나 아름답다. 누군가에게 장기를 이식해 주고 생긴 흉터는 어떠한가. 인명을 구하기 위해 위험 속에서 사투를 벌인 소방관이나 경찰관의 흉터는 어떠한가. 이러한 흉터들은 부끄러움이 아닌 자랑스러움이다.

"네 동생 애자잖아." "좀 그렇긴 하지만, 장애 동생이 있는 게 네 잘못은 아니니까." "홀어머니에 온전치 못한 동생까지, 밖에선 집안 얘기하지 마. 너한테 실이 될 뿐이야." "집안 조건만 빼면 괜찮은 애지." 누군가로부터 거절을 당할 때 들은 말이다. 아직도 나는 거절당하는 것에 대한 두려움이 있다. 일부 상처가 여전히 아물지 않았기 때문이다. 그래서 상처를 또 입고 흉터를 남기기 싫어서 내가 먼저 문을 닫아 버리고 도망치기도 했다. 하지만 계속 모른 척하고 도망만 칠 수는 없었다. 장애가 있는 동생과 함께해 온 세월 그 자체가 내 삶이기에.

상처와 흉터는 꿋꿋하게 살아 낸 것에 대한 증표이기도 하다. 어머니의 흉터나 소방관의 흉터에 비할 바는 아니지만, 나도 내 나름대로 부끄럽지 않게 최선을 다해 살았음에 흉터를 마주하며 위안을 얻기로 했다. 그리고 흉터는 상처가 아물었단 뜻이기도 하다. 상처는 여전히 욱신거리고 아프지만 흉터는 더 이상 아프지 않다. 그날의 이야기가 흔적으로 남았을 뿐이다. 그 흔적을 부끄러워하지 않고 감추려 하지 않았으면 좋겠는데 아직은 그게 잘 되지 않는다. 여전히 그 흉터를 감추기 위해 덧칠을 하고 다른 사람에겐 보이지 않도록 감추곤 한다. 시간이 지나면 자연스레 드러낼 수 있게 될까? 당당하게, 잘 견뎌 냈다고 말할 수 있게 될까?

천사표

나의 직업을 밝히면 대부분 비슷한 말을 한다. "참 좋은 일 하시네요." "아무나 못 하는 일이죠." 일반 교과 선생님들도 "특수샘들은 다 천사야, 천사."라는 말을 자주 하신다. 칭찬의 의미가 가득 담긴 애정의 표현이겠지만 나는 이런 말을 들을 때면 낯이 뜨거워지고 몸 둘 바를 몰랐다. 나는 그런 사람이 아닌데. 천사라니…. 나는 '천사'에 'ㅊ' 자도 되지 못하는 사람인데 말이다.

특수교사는 천사라는 이미지가 참 무겁게 다가올 때가 있다. 괜히 그런 말을 들으면 의식해서 천사표 특수교사에 맞는 행동을 하게 된다. 천사 같은 모습을 보여 주지 않았을 때 학부모님이나 동료 교사들로부터 받게 될 "샘 의외네?"라는 말과 이질적인 눈빛이 두려웠는지도 모르겠다.

아이들이 위험한 행동을 하거나 버릇없는 행동을 할 때 나는 따끔하게 혼을 내는데, 천사표 특수교사는 인내심을 가지고 흔들리지 않는 목소리로 아이들에게 조곤조곤 설명해 줄 것만 같다. 나는 아침만 되면 출근하기 싫다는 마음이 굴뚝같이 올라오는데, 천사표 특수교사는 아이들을 만나러 얼른 학교에 가야겠다는 마음이 굴뚝같이 올라오지 않을까? 나는 월급날만 목 빠지게 기다리면서 하루하루를 버티는데, 천사표 특수교사는 월급은 부수적인 것일 뿐 숭고한 사명감으로 하루하루를 채워 나갈 것만 같았다.

특수교사는 천사라는 그 말이 무거운 이유가 또 있다. 비장애 아이들을 가르치는 일반교사에겐 '천사'라는 말이 붙지 않는데 장애 아이들을 가르치는 특수교사에겐 '천사'라는 말이 붙는다. 또한 일반교사에겐 '참 좋은 직업'이란 수식어가 붙는 대신 특수교사에게는 '참 좋은 일' '아무나 못 하는 일'이란 말이 따라온다. 이러한 수식의 기저엔 우리 아이들을 향한 동정이 있기 때문일 것이다. 장애가 있는 아이들은 어딘가 부족하고 측은하며 불쌍한 아이들이란 인식이 깊숙이 있기 때문에 그런 아이들을 가르치는 특수교사 또한 봉사의 아이콘, 천사표가 되는 것이다. 그런데 장애가 있는 아이들은 상처가 있는 아이들이라 불쌍하다는 인식이 어찌 보면 어느 책의 제목처럼 '선량한 차별'일지도 모른다.

특수교사라고 해서 모두 같은 사명감을 같은 크기로 갖고 있는 것은 아니다. 설리번 선생님과 같은 교사가 되겠다는 사람이 있을 수 있고 월급 받는 만큼만 일한다는 사명감을 가진 사람이 있을 수 있다. 또 일하는 것보다 자기 계발이나 레저가 중요한 사람도 있을 수 있으니 천차만별인 것이다. 어쨌든 나는 확실히 천사와는 거리가 멀다.

특수교사가 불쌍한 아이들을 보듬는 직업이라 천사인 것은 더더욱 아니다. 우리 아이들은 불쌍한 존재도 연민의 대상도 아니다. 그저 저마다의 특성과 개성을 가진 존재이며 모든 이들이 그러하듯 자신만의 정체성을 가진 존재이다. 사람들이 아이들에게 보내는 눈빛에 어떤 마음이 담겨 있는지 잘 안다. 그런데 정말 아무렇지도 않은 당신에게 누군가 "아이고, 불쌍해라." "어쩌다 이리되어서 고생하니."라고 말한다면 어떤 기분이 들지 생각해 볼 필요가 있다.

차별이나 혐오를 지나, 동정과 연민을 넘어 사람 대 사람으로 동등하게 바라보아야 한다. 칭찬으로 건네는 그 말에 내가 너무 예민하게 반응하는 것은 아닌지 고민에 고민을 거듭했지만, 그냥 덮어 두기엔 아직 가야 할 길이 많이 남았다는 걸 깨달았다. 여러 번 생각하고 내린 결론도 동일했다. 장애인은 불쌍한 존재가 아니고 그들을 돌보거나 가르치는 사람은 천사가 아니다. 다양한 사람들이 있고 다양한 아이들이 있다. 우리 아이들도 그중 하나일 뿐이고 나와 같은 특수교사도 그런 사람들 중 하나일 뿐이다. 모두 그러하다. 우리는 모두 평범한 존재다.

엄마의 옆자리

드라마 〈사이코지만 괜찮아〉에 나오는 장면이다. 강태는 태권도장에서 빨간띠를 땄다. 엄마에게 자랑하고 싶어 잔뜩 들뜬 마음으로 집에 들어왔지만, 그를 기다리는 건 화난 모습의 엄마였다. 하필 그날은 자폐성 장애를 가진 형 상태와 따로 집에 오게 된 날이었다. 강태가 없는 그 틈에 상태는 동네 아이들에게 두들겨 맞게 되었다. 큰아들의 상한 모습에 엄마는 그 분풀이를 작은아들에게 하고야 만다.

"너 왜 그랬어? 너 왜 형 먼저 집에 보냈어? 네가 종일 옆에 붙어 있었어야지! 형이 애들한테 맞고 있을 때 넌 뭐 했어? 옆에서 형 지켜 주라고 비싼 도장까지 보내 줬는데 이 꼴로 들어오게 만들어?"

나는 어릴 적 의욕이 많은 편이었다. 공부도 그럭저럭 잘한 편이었고 그리기 대회나 영어 말하기 대회, 백일장 등 많은 대회에서 상을 받았다. 강태가 빨간띠를 들고 신이 나 집에 왔던 것처럼 그 날의 나도 받은 상장을 파일에 곱게 넣어 신나는 발걸음으로 집에 왔다. 그리고 얼마 지나지 않아 흙바닥에 떨어진 강태의 빨간띠처럼 나의 수많은 상장들이 갈기갈기 찢기었다. 정확한 이유는 생각나지 않는다. 엄마는 이따위 상장 많이 받아 오면 뭐 하냐고, 이게 다 무슨 소용이냐고 말했다. 비싼 돈 들여서 학원 다니면 뭐 하냐고 소리쳤다. 엄마는 젊은 나이에 유별난 아들을 키워 내느라 몸과 마음이 피폐해 있었다.

아직도 골프 우산만 보면 엄마가 생각난다. 비가 오는 날이면 나는 혼자 우산을 쓰고 엄마와 동생은 늘 커다란 골프 우산을 같이 썼다. 엄마와 둘이서 나란히 우산을 써 본 적이 없는 것 같다. 초등학생 시절 갑작스레 비가 오는 날이면 교문 앞에 우산을 들고 서 있는 수많은 아줌마들 사이에서 우리 엄마를 찾았다. 엄마는 어차피 올 수 없다는 것을 알고 있으면서도 혹시나 하는 마음으로 주변을 두리번거렸다. 동생의 재활 때문에 늘 병원과 치료실에 다녀야 했던 엄마는, 비오는 날 마중을 나갈 수 없으니 사물함에 넣어 놓으라며 내게 작은 우산을 챙겨 주었다. 그래도 나는 종종 일부러 집에 우산을 놔두고 학교에 갔다. 혹시나 우산을 안 들고 가면 엄마가 학교로 나를 데리러 오지 않을까란 기대감 때문이었다. 결국 물건을 제대로 챙기지 않는다는 꾸지람만 들었지만 말이다.

엄마의 옆자리는 늘 동생 차지였다. 잠을 잘 때도 엄마의 팔베개는 동생이 차지했고 밥을 먹으러 간 식당에서도, 버스나 기차에서도 엄마의 옆자리는 동생의 몫이었다. 나는 어느 순간부터 엄마 옆에 앉을 생각을 하지 않게 됐고 당연하다는 듯 동생에게 엄마의 옆자리를 내주기 시작했다.

내가 유일하게 엄마를 독차지할 수 있는 시간은 동생이 치료실에 들어가 있는 한 시간 남짓이었다. 종종 동생의 치료실에 따라갔는데, 동생이 수업을 받는 동안 나는 엄마와 그 주변의 시장에서 도넛도 사 먹고, 내가 좋아하는 캐릭터가 그려진 실내화도 사고, 대형 서점에 들어가 함께 책도 고르며 데이트를 할 수 있었다. 그마저도 시간에 쫓겨 정신없이 다녀야 했지만, 그럼에도 오롯이 엄마를 차지하며 뿌듯함과 행복을 느낄 수 있던 소중한 시간이었다. 20년이 지난 지금도 엄마와 함께 돌아다녔던 그 시장의 모습이 생생하다.

그렇게 엄마를 차지하지 못했다는 우울감 속에 살던 나는 30대가 넘어서야 엄마의 마음을 어렴풋이 알게 되었다. 나만 외톨이고 나만 감수하고 나만 양보한다고 생각했는데. 참 철없는 생각이었다. 동생 옆에 꼭 붙어 있을 때도 엄마의 눈은 계속 나를 좇고 있었을 것이다. 마음과 달리 옆에 있어 주지 못하고 애처로운 눈빛으로 딸내미를 바라봐야만 했던 엄마의 마음은 누가 알아주었을까?

비 오는 날이면 형만 끌어안고 우산을 쓰는 엄마에게서 소외감을 느끼며 자신은 우산 밖에 있었다고 오해한 강태처럼 나의 기억도 피해의식으로 얼룩진 것은 아닐까? 남아 있는 자식을 챙기기 위해 계속해서 돌아보고, 그 자식의 몸에 빗방울이 튈까 노심초사하며 우산을 기울인 엄마를 내가 보지 못한 건 아닐까? 나만 몰랐을 뿐 우산의 중심에 있던 건 나였는지도 모른다. 양옆에서 엄마와 동생이 어깨를 적셔 가며 나를 지켜 주었는데 나만 혼자라고 생각했는지도 모른다. 내가 보지 않는 곳에서, 내가 잠든 곳에서 나를 애달파했는지도 모른다. "예쁜 내 새끼." 하며 잠든 내 등허리를 수십 번이고 쓸어내렸는지도 모른다. 이제야 어렴풋이 느껴진다. 엄마의 눈물에 담긴 의미가.

나는 늘 동생이 엄마를 독차지했다고 생각했는데 어쩌면 내가 그 아이에게서 빼앗은 것이 더 많을지도 모르겠단 생각이 든다. 물질적으로도 심리적으로도 내가 혜택을 더 받았으면 받았지 덜 받진 않았을 텐데. 내가 만든 그 피해의식이 계속해서 엄마를 동생에게로 밀어 넣고 있었다. 생각해 보면 새 물건과 탐스러운 음식은 모두 내가 먼저였는데 말이다. 그렇다면 동생이야말로 나의 그늘에 가려진 채 살아온 게 아닐까. 알고 보면 보이는 것들을 나만 보지 못한 채, 아니 애써 외면하며 살아왔던 게 아닐까.

발달장애인과
자기결정권

21년 4월 셋째 주, 보건교사와 특수교사에게 아스트라제네카 백신접종의 기회가 왔다. 각종 블로그의 후기와 뉴스 기사를 다 찾아 읽어 가며 수백 번도 더 갈팡질팡 고민을 했더랬다. 결국 나는 기회가 주어졌을 때 접종을 하기로 했다. 접종 후 발열이나 몸살, 각종 후유증을 감수하더라도 접종하는 편이 더 낫겠다고 판단한 것이었다. 접종에 대한 동의서와 나의 인적 사항을 기록한 공문이 발송되었다.

이후 정해진 날짜, 시간에 맞춰서 관할 보건소에 갔다. 보건소는 이미 교사, 특수교육 관련 종사자, 그리고 장애인 주간 보호센터에서 접종을 하러 온 사람들로 가득 차 있었다. 낯익은 얼굴도 있었다. 동생과 아주 어렸을 때부터 같은 센터에 다녔던 아이가 청년이 되어 아버지와 함께 접종을 하러 왔다. 가볍게 인사를 하고 차례를 기다리며 예진표를 작성했다.

혈압과 열 체크, 의사 문진까지 모두 거친 후 드디어 내 앞에 한 명만 남았을 때였다. 조금 긴장되고 떨렸는데, 내 앞의 장애 청년도 몹시나 긴장한 모습이었다. 계속 스스로 "할 수 있다." "안 무섭지?"라고 주문을 걸고 있었다. 하지만 우렁찬 주문이 무색하게 간호사가 주사기를 뽑아 들자 큰 소리로 울며 그 자리에서 벗어나려 했고 온몸에 힘을 잔뜩 주었다. 결국 보호자 두 명과 보건소 직원 한 명, 간호사까지 총 네 명이 그 청년을 붙잡았다. 장애 청년은 계속 울면서 되뇌었다. "예.방.접.종. 예.방.접.종." 옆에서 어머니도 그 청년을 달래고 있었다. 본인도 예방접종을 해야 하는 것을 알고 있고 자기 스스로 조절해 보려고 부단히 애를 쓰고 있었지만 두려움은 의지대로 되는 것이 아니었다. 결국 오랜 씨름 끝에 장애 청년의 팔에 주삿바늘이 들어갔다. 바로 앞에서 그 상황을 보고 있는데 나도 모르게 눈물이 주르륵 흘렀다.

'아, 주책이다. 여기서 왜 눈물이 나지? 혹시나 장애 청년이나 가족분들이 기분 나빠하시면 어쩌지?'란 생각이 들어 얼른 뒤돌아서 수습을 했다. 그 장애 청년이 불쌍했다거나 주사를 맞기 위해 애쓴 네 명의 어른 때문에 흘린 눈물은 절대 아니었다. 그저 그 청년과 마찬가지로 매번 어렵게 주사를 맞는 동생이 생각났다. 이들에게 자기결정권을 보장해 줄 수도, 인정해 줄 수도 없는 이 상황에 마음이 아팠다.

내가 접종을 하기 몇 시간 전 동생도 같은 보건소에서 접종을 했다. 주사를 무서워하는 동생은 보건소에 가기 전부터 "주사 안 맞아."를 반복했지만 동생의 의사는 사실 상관없었다. 엄마와 나의 긴 상의 끝에 내린 결론이었으니 동생은 따라야 했다. 고열, 몸살, 오한 같은 증상뿐 아니라 희소하긴 하지만 혈전이나 마비 등과 같은 부작용을 걱정하지 않을 수 없었다. 특히 동생은 통증이나 증상에 대해 표현할 수 있는 수준이 아니기 때문에 더욱 걱정이 되었다. 그러나 장애인 복지시설에 계속해서 다녀야 하고 코로나에 감염될 위험성을 고려해야만 했기에 어쩔 수 없이 접종을 결정한 것이다. 결국 동생은 자신의 결정이 아닌 가족들의 결정에 따라 접종을 하고야 말았다.

참 어렵다. 패러다임은 장애인들에게 자기결정권을 보장하고 스스로 결정하는 법을 어렸을 때부터 가르치라고 하는데 정작 현실에서는 그렇게 못 할 때가 많다. 코로나가 무엇인지 백신이 무엇인지도 알지 못하는 사람에게 "백신의 효과는 이렇고 부작용은 이러하니 네가 선택하렴. 우린 널 존중해." 하고 맡겨 둘 순 없다. 다만 당사자에게 최선의 선택이 될 수 있도록 가족들이 대신 고민하고 대신 결정할 수밖에. 물론 '자기결정권'이란 말을 무조건 스스로 결정하고 판단한다는 단편적인 뜻으로 해석해서는 안 되지만, 그것을 보장해 줄 수 없는 가족으로서 짊어져야 하는 책임의 무게가 너무나도 크다.

보건소에서 만난 그 장애 청년이나 내 동생에게 백신에 대한 자기결정권을 부여해 준다면 그들은 과연 합리적인 결정을 할 수 있을까? 그 효과나 부작용에 대한 판단보다는 대다수가 주사에 대한 두려움으로 접종을 거부할 것이다. 이에 가족들이 판단하여 접종을 하도록 하였는데 부작용이 생기거나 사고가 일어난다면, 혹은 접종을 하지 않기로 결정했는데 후에 코로나에 감염되어 버린다면 그에 대한 죄책감이 어마어마할 것이다. 스스로 판단할 능력이 부족해서 가족들이 당사자의 입장을 고려하여 대신 결정해 준다는 미명하에 내 생각을 주입하고 무조건적으로 강요하고 있는 건 아닐지 의문이 든다. 물론 언제나 최선이라고 생각하는 쪽으로 결정을 내리겠지만, 아무리 가족이래도 당사자 본인이 될 수는 없다.

정답은 없다. 발달장애인의 가족이라면 무언가를 대신 결정해야만 하는 순간을 수도 없이 마주할 것이다. 결정을 내리기 전에 한 번이라도 생각해 봤으면 좋겠다. 장애인들도 스스로 원하는 것을 선택하고 결정하고 있을까? 정말로 당사자의 입장을 고려한 결정일까? 본인이 선택할 수 있는 것인데도 내가 대신 결정해 주고 있는 것은 아닐까? 하고 말이다. 그저 동생에게 백신 부작용이 나타나지 않았다는 것에 감사할 따름이다.

귀가

가슴 아픈 소식을 접했다. 몇 달 전, 코로나19로 인해 복지관
에 가지 못하고 있던 장애 청년이 답답함을 해소하기 위해 엄
마와 한적한 곳으로 산책을 나갔다가 실종되었는데 끝내 주
검으로 발견되었다는 것이다. 그저 엄마와 즐거운 숨바꼭질
놀이를 하려 했던 게 아닐까. 그런 생각이 들었다. 그런 그에
게 야속하게도 어둠이 찾아와 맨몸으로 추위를 견디고 지독
한 배고픔을 참아야 했던 건 아닐까라는 생각이.

특수학교에서 근무하는 동안 아이가 실종되는 일이 몇 차
례 있었다. 할아버지와 등교하는 길에 갑자기 가방을 버리고
뛰어가 버려 할아버지가 아이를 놓친 일도 있었고 한밤에 갑

자기 잠을 자다가 현관문을 열고 나가 버린 아이도 있었다. 그렇게 잃어버린 아이를 찾기 위해 학교의 모든 교사가 인근 지역을 돌아다니기도 했고 경찰의 도움을 받기도 했다. 빠르면 반나절, 늦으면 며칠 만에 찾기도 했는데 집과 상당히 먼 곳에서 아이를 찾아 데려오기도 했다.

내 동생도 어렸을 때부터 꽤 많이 실종되었었다. 기분 좋게 나들이를 하던 중 엄마와 내가 잠시 한눈판 사이 동생이 사라져 버리곤 했다. 잃어버리는 데 걸린 시간은 불과 몇 분이었지만 찾는 데는 몇 시간, 한나절, 하루가 걸렸다. 동물을 좋아하는 동생은 길을 지나가는 강아지를 보고 쫄래쫄래 따라가기도 했고 예전에 살던 집을 찾아가거나 차를 탈 때마다 보던 강변도로를 따라 한없이 걷기도 했다.

사실 아이가 혼자 길을 잃고 헤매고 있다면 주변에 있는 어른들이 지체 없이 아이에게 다가가 도움의 손길을 내밀 것이다. 그러나 다 큰 사람이 길을 잃고 돌아다니고 있을 때 그가 장애인인 것을 알아차리고 선뜻 다가갈 사람은 그리 많지 않다. 스스로 도움을 요청할 수도 없고 위치추적을 할 휴대전화도 없다면 팔에 실종 방지 팔찌를 차고 있거나 지문 등록을 했다 하더라도 무용지물이 될 수밖에 없다.

장애인의 실종률은 비장애 아동이나 치매 노인의 실종률보다 훨씬 높다고 한다. 그러나 통계가 무색하게 장애인이 실종되었을 경우 그 사건을 전담하는 기관이 아직까지도 없다. 그저 아이들의 실종 사건을 담당하고 있는 아동권리보장원에서 함께 맡고 있다고 한다. 발달장애인이 실종되어도 장애의 특성이 반영되지 않은 매뉴얼을 따르다 보니 초기 발견이 늦어질 수밖에 없다. 실종 사건은 늘어만 가는데 왜 해결 방안은 답보하고 있는 것일까?

애가 타는 가족과는 다르게 집을 나선 그들에게 그것은 즐거운 나들이였을 수도 있겠단 생각이 든다. 평소 기차를 좋아하는 아이가 지하철을 타고 즐거워했을 뿐이고, 강아지를 좋아하는 아이는 지나가는 강아지를 따라 즐거운 산책을 했을 뿐이고, 호기심이 많은 아이는 새로운 물건과 사람으로 가득한 시장통을 돌아다녔을 뿐일지도 모른다. 그래서 그런지 아이들을 찾은 뒤 가족들이 눈물 콧물 다 쏟는 것과 달리 아이들의 얼굴에는 나들이의 즐거움이 고스란히 피어 있을 때가 많다.

즐거운 나들이는 밤바람이 거세지기 전에 끝나야만 한다. 나들이를 안전하게 끝내고 집으로 돌아올 수 있게 해 주는 것은 우리 모두의 몫이다. 경찰의 도움도 물론 컸지만, 실종된 아이들을 찾는 데 결정적인 도움을 준 분들은 일반 시민이었다. 늘 할머니와 다니던 아이가 혼자 지나가는 게 이상해서 아이를 데려다 가게에 앉혀 놓았던 가게 사장님, 경찰이 보낸 협조공문을 통해 아이의 얼굴을 기억하고 있다가 혼자 지하철을 타러 온 아이를 발견하고 보호해 준 지하철 역무원님, 장애가 있는 것처럼 보이는 아이가 도로 쪽으로 뛰어가고 있다고 경찰에 신고해 준 시민들까지. 그들의 관심과 보호가 아이들을 다시 안전한 집으로 돌려보내 준 것이다.

실종 사건은 카드 사용 내역, 통신 내역, 위치추적 등 다양한 생활의 흔적에 근거하여 문제를 해결해 가지만, 발달장애인은 이러한 흔적을 남길 수 없기에 CCTV에 의존할 수밖에 없는 상황이다. CCTV마저 없거나 행정절차로 인하여 자료를 빠르게 확보하지 못하는 상황에서는 목격자의 진술밖에 의지할 게 없다. 그렇기에 우리가 한 번 더 자세히 보고 한 번 더 관심을 가지고 주변을 돌아본다면 너무 늦어지기 전에 그들을 원래 있던 곳으로 안전하게 돌려보낼 수 있을 것이다. 우리가 할 수 있는 가장 작은 일이지만, 그것이야말로 가장 강력한 일이다. 즐거웠던 외출의 끝은 따뜻한 집으로의 귀가여야만 한다.

엄마의 삶

올해 어버이날은 엄마의 음력 생신이었다. 평소 잘 사지 않던 꽃도 사고, 주문해 두었던 화사한 케이크도 찾고, 드릴 용돈도 든든하게 챙겼다. 이런저런 준비를 하다 보니 자연스레 엄마의 삶을 돌아보게 된다.

엄마는 20대 초반에 결혼하여 곧 두 아이의 엄마가 되었다. 첫째는 딸, 둘째는 아들. 금메달인 줄 알았는데 둘째인 아들이 조금 특별했다. 어릴 적 작은 사고로 경기를 심하게 한 탓에 뇌손상이 생겼고 그로 인해 지적장애를 가지게 되었다. 그런 아들은 조금이 아니라 많이 특별하고 유별나게 자랐다. 그렇게 엄마는 20대의 절반을 병원에서 아들의 병시중을 하며 보내게 되었다. 지금 생각해 보면 꽃다운 나이, 누구보다 멋 내기를 좋아하고 친구들과 어울려 사람들로 북적북적한 곳을 누비고 다니기 좋을 나이다. 하지만 스물일곱 살 엄마의 등에는 언제나 아들이 업혀 있었다. 병간호를 하느라 외모에 신경 쓸 겨를이 없던 엄마는 머리가 늘 짧았고, 면 티셔츠만 입은 채 약 냄새가 진동하는 병원에서 지내야 했다. 그런 자신의 모습을 보이고 싶지 않았는지 엄마는 서서히 친구들과 연락을 끊었다. 그렇게 엄마는 다시 돌아오지 않을 빛나는 20대의 삶을 무채색으로 채우게 되었다.

엄마는 두 아이를 키우면서도 집을 늘 깨끗하게 유지했고, 가계가 흔들리는 시기에는 새벽 우유 배달까지 하며 가장 노릇을 했다. 새벽 배달을 하고 아침에 아이들을 학교에 보낸 뒤 아들의 수업이 끝날 때까지 학교에서 대기를 하고 있다가 오후가 되면 아들을 치료실로 데려갔다. 아들이 치료실에 있는 틈에 급히 장을 보곤 집에 돌아와 집안일을 했고, 밤엔 딸의 공부를 봐주고 아들을 씻긴 뒤에야 지쳐 잠들었다가 다시 새벽이 되면 고단한 몸을 가까스로 일으켜 세웠다. 지금의 나와 나이 차이도 얼마 나지 않았을 때다. 나로서는 상상도 못할 일이다.

보통 10년이면 육아에서 해방된다고 하는데 엄마의 육아는 아직까지도 진행형이다. 어린 아들을 씻기고 밥을 먹이고 학교로, 치료실로, 병원으로 데리고 다녔던 엄마는 지금도 여전히 자신의 몸보다 훨씬 큰 아들을 씻기고 먹이고 복지관으로, 체육센터로, 병원으로 데리고 다니고 있다. 장애가 있는 아들 덕에 사람들의 시선을 한 몸에 받는 일은 수줍음이 많은 엄마에겐 여전히 적응되지 않는 일이다. 엄마의 육아는 난이도와 강도가 점점 높아지며 30년이 넘도록 계속되고 있다.

지금의 엄마는 누구보다 억척스럽고 강한 것처럼 보인다. 그러나 본래 엄마는 수줍음도 많고 감성적인 사람이었다. 엄마의 삶이 그렇게 굴곡지지 않았다면 우리 엄마도 여느 사모님처럼 소녀 감성을 유지하며 교양 있게 살았을지도 모를 일이다. 사람들의 시선과 편견으로부터 아들을 지켜 내기 위해, 늦은 나이까지 공부하는 딸내미 뒷바라지를 하기 위해 엄마는 억척스러워질 수밖에 없었다. 엄마의 억척스러움은 희생적인 삶의 흔적인 것이다.

풋풋하고 뭘 해도 아름다운 그 시절이 엄마에겐 어떤 모습으로 남아 있을까. 어린 시절, 때때로 엄마가 내지르는 소리는 내게 상처로만 다가왔다. 그러나 지금은 알고 있다. 그것이 어리고 여렸던 엄마가 이를 악물고 살아 내기 위해 내뱉은 신음이었음을. 나보다도 어렸을 그 시절의 엄마를 만날 수 있다면 꼭 안아 주며 위로를 건네고 싶다. 얼마나 무섭고 힘들었냐고, 너무 잘 살아 냈다고, 고생 많았다고 말이다. 짧게 피고 지는 화려한 꽃 같은 20대의 삶을 되찾아 줄 순 없지만, 앞으로 엄마의 삶이 푸른 숲처럼 늘 잔잔하길 바라 본다.

30년째
반복되는 잔소리

"냠냠냠 씹어서 삼켜." "천천히, 물도 마시고." "젓가락은 오른손으로 들어야지." 이제 막 자기주도식을 배우는 어린아이에게 하는 말 같겠지만, 실은 식사 때마다 서른이 넘은 내 동생에게 건네는 잔소리들이다. 하루 세끼, 30년째 똑같은 잔소리를 하고 있지만 동생은 여전히 누군가에게 쫓기듯 밥을 급하게 먹고, 커다란 덩어리도 한입에 다 삼켜 버리고, 아직도 젓가락질이 서툴다.

우리는 자라면서 점차 다른 요구와 기대를 받게 되고 그에 따른 잔소리를 듣게 된다. 아동기에는 생활 습관 때문에, 십 대 땐 학업과 진로 때문에 잔소리를 들을 것이고 성인이 되어서는 군 입대, 취업, 인간관계 등과 관련된 잔소리를 듣게 될 것이다. 그렇다면 서른이 넘은 건장한 청년에게 할 수 있는 잔소리들은 무엇이 있을까? "술 작작 마시고 일찍 좀 다녀." "이직 준비한다더니, 잘되어 가니?" "연애는 하고 다니냐?" 잘은 모르겠지만 이런 종류의 말들이 아닐까 상상해 본다.

그러나 한결같이 똑같은 말만 반복하는 우리 집 같은 경우도 있다. 30년째 똑같은 잔소리를 반복하고 있지만 어쩌면 그다음 30년, 아니 평생에 걸쳐 되풀이할지도 모를 말들이다. "밥은 천천히 꼭꼭 씹어 먹어." "배가 아프면 화장실로 뛰어가는 거야." "이 신발은 이쪽 발에." "바지는 앞주머니가 위로 가게 입는 거야." "신호등에 파란불이 들어왔을 때 건너야 해."

잔소리라는 것은 말하는 사람이나 듣는 사람이나 필요 이상으로 에너지를 소모하게 하고 종종 감정도 상하게 한다. 잔소리를 하는 사람의 입장에서는 30년째 같은 말을 하며 반복해서 가르치고 있는데 그게 어째서 안 되는 것일까 싶어, 화도 냈다가 언성도 높였다가 속이 상하면 입을 다물어 버리기도 한다. 모르긴 몰라도 잔소리를 듣는 동생도 꽤나 스트레스를 받을 것이다. 그렇다고 그 모든 것을 포기할 수 없으니 나이에 맞지 않는 잔소리를 내일도 모레도 반복할 수밖에 없다.

내 동생도 비장애인이었다면 엄마에게 등짝을 맞으며 술 좀 작작 먹고 다니고 엄마 일 좀 도우라는 잔소리를 들었을까? 그런 일이 실제로 일어날 것이라 기대하진 않지만, 괜스레 조금 짠해진다. 상상과는 달리 세 살짜리 아이에게 할 법한 잔소리를 무려 30년이 넘도록 계속하고 있다는 현실이 말이다.

특수교사에게는
찾아오는 제자가 없다

일반학교에는 종종 졸업생들이 찾아온다. 스승의날이나 시험 기간처럼 특별한 행사가 있는 날은 학교가 일찍 끝나다 보니 그 김에 졸업한 학교도 와 보고 전 담임선생님도 찾아뵙는 것이다. 앳된 티를 벗고 훌쩍 큰 모습으로 선생님들을 찾아오는 모습을 보고 있으면, 나와 아무런 상관이 없는데도 흐뭇한 미소가 지어진다.

누군가가 그랬다. 특수교사에겐 찾아오는 제자가 없다고. 서글픈 말이긴 해도 사실이 그렇다. 하루 종일 학교에서 붙어 지내며 밥도 떠먹이고, 화장실 뒤처리도 해 주고, 코도 닦아 주고, 양치도 시키면서 부모만큼이나 오랜 시간을 함께한다.

그런데 그렇게 정이 들어도 졸업만 하고 나면 다시 보지 못하는 경우가 대부분이다. 이따금 어떻게 지내는지 생각나기도 하고 보고 싶기도 하지만, 나도 먼저 보호자분들에게 연락을 하긴 좀 어려워서 추억 속에 묻어 두고 살 때가 많다.

아이들이 찾아오지 '않는' 것이 아니라 '못하는' 것임을 안다. 혼자서는 외출을 할 수도 없고, 누군가가 보고 싶거나 만나고 싶어도 자신의 의사를 잘 표현하지 못하는 아이들이 많다. 게다가 새로운 환경에 적응하는 것을 힘들어하는 아이에겐, 현재 생활에 겨우 적응을 해 나가고 있는 와중에 다시 이전 학교에 방문한다는 것 자체가 삶을 뒤흔드는 일일 수도 있는 것이다. 그렇기에 오고 싶어도 오지 못한다고 하는 것이 맞는 표현일 것이다. 그래서 그런지 특수교사들도 제자들이 찾아올 것이란 기대를 잘 하지 않는다. 그저 소식을 듣지 못하고 얼굴을 보지 못해도 무탈하게 잘 지내고 있기를 바랄 뿐이다.

그런 가운데 이번에 졸업을 시킨 아이들이 스승의날을 맞이하여 나를 찾아왔다. 기대가 없어서였을까. 불쑥 찾아온 제자들의 모습에 내가 제일 상기되었다. 옆에서 이 광경을 보고 계시던 부장님은 내 표정이 자식들 다 키워 결혼시키고 사위, 며느리 본 얼굴이었다고 한다. 그 정도로 뿌듯함과 흐뭇함이 차올랐다. 아이들은 전날부터 단톡방 알림을 줄기차게 울려

대며 몇 시에 어디에서 만날 것인지를 서로 이야기했다. 그 탓에 나도 아이들이 방문할 것이란 것을 알고 있었음에도 불구하고 아이들을 보자 다시금 벅차오르기 시작했다.

제자들이 찾아오는 모습을 옆에서 지켜보기만 할 때는 솔직히 그 기분이 어떨지 상상이 안 됐는데, 당사자가 되어 보니 만감이 교차한다. 아이들에게 아주 나쁜 선생님은 아니었나 보다 싶기도 하고, 내 새끼도 아닌데 막 내가 낳은 자식 같기도 하고, 늘 제자리였던 것 같은데 언제 이렇게 컸나 싶어 코끝이 찡해지기도 한다. 무엇보다도 누군가를 그리워하고 추억할 수 있는 아이들로 자란 것에 참으로 감사했다.

안부를 물을 수도 없고 만남을 기약할 수도 없는, 나를 스쳐 간 수많은 아이를 생각한다. 복지관은 잘 다니고 있을까? 요즘은 가출을 안 하려나? 그 뒤로 수술은 안 했을까? 이제는 제법 잘 걸으려나? 아이 하나하나를 떠올릴 때마다 많은 질문이 스쳤지만, 답을 구하려 하기보단 작은 바람을 품었다. 내가 그렇듯이 그 아이들의 추억 한구석에도 나와 함께한 시간이 소박하게 있기를, 아이들에게도 가끔씩 그 추억들이 떠오르기를, 그리고 그 추억 덕분에 웃을 수 있기를 말이다.

특수교사에겐 마음으로 찾아와 주는 제자들이 넘쳐 난다.

독립

오래전부터 독립을 하고 싶었다. 그러나 마땅한 이유 없이 나가 살 순 없었다. 무엇보다도 내 안의 죄책감이 허락하지 않았다. 마치 동생과 나이 든 엄마를 버리고 나만 잘 살아 보겠다고 도망치는 것 같았다. '내가 없으면 엄마가 너무 힘들지 않을까? 인터넷이 갑자기 안 되거나 집에 문제가 생기면 누가 해결하지?' 수많은 걱정과 질문이 나를 배은망덕한 불효자로 몰아갔다.

그렇게 참고 참다 엄마와 조금 다투었는데 그게 내 독립의 시발점이 되었다. 엄마는 나와 말다툼을 했다 하면 자신이 얼마나 많은 것을 감수하며 살고 있는지를 토로했다.

"젊었을 땐 육아한다고 등골이 빠졌는데, 왜 나는 아직까지도 나이 먹은 자식들을 키우며 살아야 하냐고!"

한 방 맞은 느낌이었다. 나는 이제껏 내가 엄마와 살아 주고 있다고 생각했는데 엄마는 아직도 나를 뒷바라지하며 살고 있다고 생각했다니. 더 이상 독립을 미룰 이유가 없었다.

어렵게 마음을 먹은 후 친구에게 고민을 털어놓았다. "괜찮다. 얼른 독립해라." 이런 말을 듣길 내심 바랐다. 그러나 나의 기대는 와장창 무너졌다.

"아이고, 엄마 너무 힘드시겠다."

죄책감이 또다시 하늘 높은 줄 모르고 끝도 없이 치솟았다. 하지만 이번엔 그 죄책감을 매몰차게 외면해 보기로 했다. 누군가 나를 비난한다 하더라도 어쩔 수 없다고 생각했다. 나중에 상황이 여의찮게 됐을 때 다시 본가로 들어가면 되니, 일단 지금은 독립을 해 보기로 결정하고야 말았다. 죄책감에 대한 반역이었다.

결국 집에서 그리 멀지 않은 곳에 있는 오피스텔을 덜컥 계약했다. 대출까지 받으면서 말이다. 그렇지만 오롯이 혼자만 있을 수 있는 공간이 생겼다. 언제 동생이 소리를 지를지 몰라 초조해하며 통화하지 않아도 된다. 매일 똑같은 엄마의 푸념을 듣지 않으려 귀에 이어폰을 꽂지 않아도 된다. 이기적이라는 걸 알지만 몇 년 만이라도 피할 수 있으면 피하고 싶었다. 홀로서기의 시작은 만족스러웠다. 다만 시작과 동시에 절벽 위에 홀로 있을 엄마가 걱정되기 시작했다.

독립을 한 지 꽤 시간이 지났지만 나의 걱정은 조금도 사라지지 않았다. 뉴스에 나올 법한 일이 일어난 건 아닐지, 엄마가 아파서 쓰러졌는데 동생이 전화를 하지 못하고 있는 것은 아닌지 별의별 걱정이 다 생겼다. 그래서 매일 엄마에게 안부 전화를 한다. 엄마와 함께 살 때는 딱히 통화할 일도 없고 했다 하더라도 용건만 간단히 하고 끊었는데 이제는 밥은 드셨는지, 동생은 괜찮은지, 전화로 시답잖은 소리까지 다 한다. 그리고 매주 금요일이 되면 짐을 싸 들고 본가에 가 주말을 엄마와 동생과 함께 보내고 온다. 엄마와 함께 살 때는 주말마다 친구들을 만나러 다니느라 바빴는데, 집을 나오고 나서야 주말을 가족들과 보내게 되었다. 엄마를 절벽 위에 혼자 내버려 두고 도망쳤다는 마음의 짐을 이렇게나마 풀어 보려는 것일지도 모르겠다.

늦은 나이에 스스로 서는 삶을 시작한 나도, 조금은 허전한 공간이 생겨 버린 엄마와 동생도 그저 소소하게 잘 살았으면 좋겠다. 서로가 행복하려고 시작한 독립이니까, 내가 갖는 죄책감도 엄마가 갖는 공허함도 동생이 갖는 어떠한 부정적인 감정도 조금은 놓아 버려도 좋지 않을까 생각한다. 우리는 언제나 행복하려고 애쓸 것이다.

책임

몇 해 전 나의 대학원 졸업식에 엄마와 외할머니가 와 주셨다. 졸업식장에 들어가기 전 함께 식사를 하던 중 외할머니가 가방에서 돈 봉투를 꺼내 나에게 건네셨다.

"졸업 축하한다. 그리고 네 엄마도 이제 나이가 많이 들었어. 엄마랑 동생은 네가 끝까지 책임져 줘라."

졸업식과 관계없는 예상치도 못한 당부의 말에 나는 머릿속이 새하얘졌다. 여기서 책임이 웬 말인가. 그럼 이 돈 봉투는 졸업 축하 선물이 아닌 부담스러운 부탁에 대한 대가란 말인가? 아무 말도 하지 못하고 눈물이 그렁그렁 차오를 것 같은데, 할머니를 말리지 않고 말 없이 어색하게 앉아 있는 엄마가 더 얄미웠다. 나는 곧장 마음을 추스르고 할머니에게 말했다.

"할머니, 제 인생도 책임지지 못하는 판국에 어떻게 다른 사람을 책임져요? 다 알아서 살아가게 되어 있으니 너무 걱정하지 마세요."

그냥 "네."라는 한마디면 끝났다. 그러나 나는 엄마 들으라는 듯이 내뱉고야 말았다.

특수학교에서 근무하던 때였다. 가르치던 아이가 고등부를 졸업하면서 전공과 시험을 쳤는데 불합격하게 되었다. 전공과가 의무교육이 아닌 데다가 설립 목적도 직업훈련에 있고 입학 경쟁률도 치열해서 사실 입학시험에 불합격하는 경우가 많다. 그런데 그날도 책임의 화살이 나에게 돌아왔다.

"교육 끝났다고 나가라 하면 답니까? 학교가 애들을 책임져야 할 것 아니에요?"

어머니의 막막한 심정과 좌절감을 모르는 바는 아니었지만, 그 날 선 외침에 가슴이 먹먹해졌다. 내가 책임질 수 있는 일이라면 기꺼이 책임지고 싶었다. 하지만 나에겐 그럴 만한 능력이 없었다.

어렸을 때부터 책임이라는 철책 안에서 살아왔다. 맏이였기에, 장애 형제를 둔 비장애 형제였기에, 편부모 가정이었기에 그 책임이라는 철책은 끝도 없이 높아졌고 견고해졌다.

"엄마가 없을 때는 네가 동생의 엄마가 되어야 하는 거야." "나중에 엄마 아빠 죽고 나면 동생 돌봐 주며 살 거지?" "엄마는 남편도 없이 혼자잖아. 네가 옆에서 남편 노릇, 딸 노릇, 아들 노릇 하며 보살펴야지."

　내 인생은 뭔데 맨날 이렇게 책임만 지고 다녀야 하는 것인가. 엄마와 동생 그리고 수많은 아이를 책임지라는데… 그럼 나는, 내 인생은 누구에게 맡겨야 하는 것일까? 도대체 어디까지, 언제까지 책임져야 하는 것일까? 내가 누군가를 책임질 만한 능력은 있는 사람인가?

　스스로 책임감이 강한 사람이라 생각하고 살아왔는데, 어쩌면 그 책임이라는 올가미에서 벗어나고 싶었는지도 모르겠다. 피할 수만 있다면 얼마든지 피하겠는데 피하려 할수록 올가미가 죄어드는 것 같아 어쩔 수 없이 그 자리에서 옴짝달싹 못 하고 그저 감내했던 것은 아닐지 생각해 본다.

　엄마와 동생, 그리고 우리 아이들을 사랑하지만, 내가 온전히 책임지겠노라고 말하지는 못한다. 그저 짐이 있다면 함께 들어 주고, 긴 여정 함께 걸어 주는 것밖에 내가 할 수 있는 일이 없다. 나의 이 말이, 이 글이 다소 비겁해 보일지라도, 이기적일지라도 어쩔 수 없다. 무엇보다 나를 위해서 말이다.

　불완전한 인간이 타인을 어떻게 완벽하게 책임질 수 있겠는가. 신이 아닌 이상 할 수 없는 일이다. 나와 비슷한 책임의 무게를 짊어지고 살아가는 누군가, 혹은 나보다 더 높고 좁은 책임의 철책 안에서 살아가는 누군가에게 꼭 해 주고 싶은 말이 있다. 결코 당신의 책임이 아니다.

카스트

얼마 전 장애인 이동권을 다룬 기사를 읽었다. 장애인 이동권과 관련된 투쟁이 꽤 오래전부터 이어져 왔지만 현실은 그리 달라지지 않았다는 내용이었다. 우주 여행선을 개발한다는 시대를 살아가고 있지만 한편에서는 지하철을 타러 가다가 리프트가 추락해 사망하는 사고가 일어나고 있다. 똑같은 세상을 살아가고 있는 것이 과연 맞을까란 생각이 들었다. 곧 그 기사 아래에 달린 댓글들을 읽으며, '그래, 우리는 똑같은 세상을 살아가고 있는 게 아니구나.' 확신이 들었다.

꽤 많은 댓글이 달렸다. 불쌍하고 안됐다는 연민과 동정의 댓글들 사이에 이성적이고 합리적인 척하는 하나의 댓글이 눈에 띄었다.

"복지, 그래 좋다. 하지만 그 모든 것을 다 누리려고 하면 안 된다. 자신의 분수는 알아야 한다."

참으로 안하무인의 댓글이었다. 그럴듯하게 합리적인 척하면서 교만하기 짝이 없는 말을 내뱉다니. 그 사람이 옆에 있었다면 당신은 무슨 자격으로 그런 말을 하는 거냐고, 당신은 무슨 권리가 있기에 저들이 누리지 못하는 모든 것을 누리는 거냐고 묻고 싶었다. 우리가 누군가의 사유지에서 기생하고 있는 것도 아니고 누군가가 베푸는 시혜로 살아가고 있는 것도 아닌데 말이다. 납세를 한다는 것에서 오는 자부심이었을까?

보이지 않는 카스트 제도 속에서 살아가고 있는 것일까? 누군가는 운이 좋아서 브라만으로 태어나 살아가고 운이 그닥 좋지 못한 누군가는 제일 낮은 계급인 수드라로 살아가는, 심지어 계급에조차 들어가지 못하고 불가촉천민으로 살아가는 이들이 수도 없이 많은 인도의 카스트 제도. 우리의 현실은 얼마나 다를까. 스스로 더 높은 계급이라도 되는 양 사회적 약자를 내려다보며 그들에게 선 넘을 생각 하지 말라고 압박하고 있는 이들이 있다.

안전하게 대중교통을 타는 것, 가고 싶은 식당에 자유롭게 들어갈 수 있는 것, 화장실에 가고 싶을 때 제약 없이 갈 수 있는 것, 사랑하는 사람들과 함께 어울려 사는 것. 평범하게 살아가고 싶을 뿐이다. 욕심이 지나친 것일까? 분수도 모르고 하는 칭얼거림일까?

생각할수록 헛웃음이 난다. 비장애인과 장애인이 계급도 아닌데 몇몇 비장애인들은 계급과도 같은 선을 스스로 만들어 놓고, 자신들이 베푸는 은혜로 장애인들이 먹고산다고 생각한다. 그저 우연히 장애인으로, 어쩌다 보니 비장애인으로 살아가고 있을 뿐 아닌가. 누군가는 당연하게 누리는 것을 왜 누군가는 목숨을 걸며 이용해야 하는 것일까? 그가 말한 '분수'란 무엇이었으며 그 자신의 분수는 어떠할지 궁금하다.

좀 미워하면 어때

동생 때문에 짜증 난다고, 동생이 없었으면 좋겠다고, 나도 외동이었으면 좋겠다고 말한 적이 있다. 동생의 장애 때문이 아니었다. 형제가 있는 사람이라면 누구나 한 번쯤은 할 법한 말이지 않은가. 사실 한두 번뿐이겠는가? 그런데 그럴 때면 아빠는 늘 나에게 씁쓸한 표정으로 한숨을 쉬며 말했다.

"네가 그렇게 말하면 안 되지. 다른 사람이 어떻게 말하든 지 간에 너는 그러면 안 돼."

집 밖에서도 비슷한 상황이 연출된다. 다른 친구들은 자신의 형제를 험담하곤 하지만 나는 절대 그럴 수 없다. 다른 친구들의 한탄에는 웃으며 맞장구를 쳐 주던 사람들이 막상

내가 동생 때문에 속상하고 우울하다는 얘기를 꺼내면 몹시도 진지한 표정으로 바뀌기 때문이다. 동생과 다툰 일, 동생이 내 물건을 망가뜨리거나 함부로 했던 일, 동생의 나쁜 생활 습관 등 형제가 있다면 누구라도 밖에서 하소연할 수 있는 내용인데 왜 유독 장애 형제가 있는 우리들에겐 이 모든 것들이 금기시되는 것일까. "동생이 아기 같지 않아? 근데도 싸워?" "네가 양보 좀 하지. 아픈 애잖아." "그래도 동생 사랑하지?" 대다수의 사람이 그렇게 말하는 것을 듣다 보면 정말 죄를 지은 것처럼 마음 한구석이 조여 왔다. 금기어라도 내뱉은 사람처럼.

당연한 죄책감이었을까? 그렇게 말하면 안 됐던 걸까? 그렇다면 다른 사람은 다 되는데 유독 나만 그렇게 말하면 안 되는 이유는 무엇일까? 가족은 애증의 관계라고들 한다. 함께 살아가며 수많은 일을 공유하는 존재이기에 너무나도 사랑하는 마음과 미워하는 마음을 동시에 가질 수밖에 없다. 부모가 자식을, 자식이 부모를, 그리고 형제가 또 다른 형제를 사랑하면서 미워한다. 그런데 장애를 가진 가족에게 이러한 양가감정을 가지는 것을 터부시하는 분위기는 어떻게 받아들여야 할까. 장애가 있든 없든 그는 그냥 나의 가족일 뿐이다. 좀 미워할 수도 있지. 밉다가도 애잔하고, 애잔하면서도 성가실 때가 있는 것뿐이다.

가족을 언제나 사랑하는 사람에게도 가족이 미울 때, 짜증 날 때가 있고, 그로 인해 눈물을 흘리는 날도 있는 법이다. 그럼에도 동생을 무조건적으로 사랑하라는 짐을 얹어 준 수많은 사람에게, 그리고 어린 날의 나에게 한마디 하고 싶다. 좀 미워하면 어때? 그저 평범한 감정을 가지는 것, 그뿐인데.

은주

장애를 가진 형제를 둔 연고로 특수교사라는 직업을 선택하게 되었다. 그런데 돌이켜 보면 특수교사보다 먼저 나에게 찾아온 역할은 '장애 학생의 도우미'였다. 특수교사라는 직업처럼 자발적으로 선택한 일은 아니었다. 중학교 3학년, 어쩔 수 없이 떠맡게 된 역할이었다.

우리 반에는 은주라는 지적장애 친구가 있었다. 은주는 또래 친구들보다 훨씬 큰 키와 덩치의 소유자였지만, 글씨를 읽고 쓰는 것에는 서툴고 종종 침을 흘리며 가끔 괴성을 지르는 아이였다. 누군가의 도움이 필요한 아이였지만 우리 학교엔 특수학급도 없었고 당연히 특수교사나 실무원도 없었다.

어느 날 담임선생님께서 나를 따로 불러 말씀하셨다. 은주의 도우미를 해 주면 어떻겠냐고 말이다. 처음엔 도와주고 싶은 마음 반 나서고 싶지 않은 마음 반이었다. 그런데 담임선생님이 덧붙이는 말에 나는 아무 말도 하지 못하고 받아들일 수밖에 없었다. 나에게 장애 동생이 있으니 도우미 역할도 잘 해낼 거라는 말이었다. 이런, 약점이 잡혔으니 그 역할을 묵묵히 수행할 수밖에 없겠구나. 생각했다. 짓궂은 친구들이 나에게 왜 은주랑 노냐고, 왜 네가 나서서 도와주냐고 물어보아도 별달리 할 말이 없었다. "그냥, 불쌍하잖아." "나는 학급 임원이니까." 이 정도로 둘러댔다. 그러면서도 내 동생의 모습이 보이는 은주를 잘 돌봐 주고 싶은 마음이 자리 잡고 있었다.

그러던 어느 날, 사건이 벌어지고야 말았다. 평소 은주를 자주 놀리던 친구 몇몇이 심한 장난과 조롱으로 은주를 자극했는데, 참지 못한 은주가 빗자루로 교실 유리창을 친 것이다. 유리가 깨지면서 놀리던 아이들 중 한 명의 얼굴에 유리 조각이 박히는 끔찍한 사고가 일어났다. 나는 사건의 전말은 물론 평소 아이들이 어떻게 은주를 대하는지 다 알고 있었지만 비겁하게도 적극적으로 나서지 못했다. 아이들이 어떤 말로 은주를 놀렸는지, 은주가 빗자루를 들기 전에 어떤 일이 있었는지 결국 선생님께 말하지 못했다. 그리고 은주는 며칠

간 학교에 나오지 않았다. 아니, 나오지 못했다.

돌이켜 보면 나에게 은주는 친구가 아니었다. 은주를 친구라고 생각해 본 적은 단 한 번도 없었다. '도우미'는 장애를 가진 동생이 있다는 이유만으로 학교라는 사회가 나에게 부여한 하나의 역할일 뿐이었다. 나도 내 친구들과 같이 하교하고 싶고 점심시간에 이야기하며 놀고 싶었는데 어쩔 수 없이 은주와 함께 시간을 보낸 것이다. 나에게 은주는 그런 존재였다. 딱히 할 이야기는 없으니 수학 문제집이나 풀며 은주 옆에서 시간을 흘려보냈다. 누군가 딱 이만큼이라도 내 동생을 도와주길 바라는 마음으로 버틴 시간이었다.

그렇다면 은주는 나를 어떻게 생각했을까? 자신이 먹던 과자를 침 묻은 손으로 나에게 건네주던 은주. 글씨도 잘 못 쓰면서 샤프심은 종류별로 들고 다니며 나에게 흔쾌히 빌려주던 은주. 하굣길 갈림길에서 손을 열심히 흔들어 주던 은주는, 나를 도우미가 아닌 친구라고 생각했을지도 모른다.

분명 많은 관계 속에서 수많은 '은주'를 마주할 것이다. 학교에서, 회사에서, 교회에서, 이웃에게서 어렵지 않게. 그때마다 그들을 친구로 대하기보다는 사회가 우리에게 부여한 역할이나 책임, 도덕성, 시민성에 따라 대할지도 모를 일이다. 그들을 괴롭히거나 이용해 먹는 사람들과 비교하며 난 다르다고 스스로 만족하면서 말이다.

장애인의 가족이라면서, 특수교사라면서 여전히 나는 그런 마음을 가진 채 살아간다. 사실을 알면서도 비겁하게 은주의 편을 들어 주지 못했던 중학교 3학년 때와 비교하여 무엇이 그리 달라졌다고 말할 수 있을까? 여전히 '은주'들의 좋은 친구가 되어 주겠다고 자신 있게 말하지 못하는 나 자신을 돌아보며, 나와 함께 살아가는 수많은 '은주'들에게 미안한 마음과 죄책감을 느낀다.

나는 그들의 친구가 될 수 있을까? 친구로서 그들 곁을 지켜 줄 수 있을까? 묻기도, 답하기도 불편한 질문이지만 그럼에도 계속해서 스스로 묻고 또 물을 수밖에 없다.

병을 키우는 것

아프지 않고, 다치지 않고 사는 사람이 있을까? 질병이나 상해 없이 건강하게 산다면 더할 나위 없이 좋겠지만 누구도 그럴 수 없을 것이다. 우리 아이들도 예외는 아니다. 다만 비장애인이라면 아무 고민과 염려 없이 진료받을 만한 질병도 장애가 있는 아이들이 걸리면 보호자들은 병원에 가기 전부터 걱정이 앞서기 시작한다.

내 동생은 주사를 아주 무서워한다. 그리고 겁이 많아서 의사 선생님에게 자신의 코나 입 안을 잘 보여 주지도 못한다. 짧은 시간 내에 간단한 진료는 볼 수 있으나 치과 치료같이 시간이 오래 걸리고 기계 소리가 나는 치료는 절대 받을 수 없다. 치과 치료는 웬만하면 빨리 해야 한다는데 내 동생은 치료할 것들을 모아서 한 번에 할 수밖에 없다. 전신마취를 하고 치료를 해야 하기 때문이다. 치과 치료에 전신마취라니. 그러니 당연히 동네 병원에서는 할 수도 없다. 여러 번 전신마취를 할 수도 없는 노릇이기에 대학병원에서 전신마취를 한 후 한 번에 사랑니도 발치하고 이도 때우고 신경치료도 해야 한다.

치과 치료뿐만이 아니다. 사마귀나 티눈이 생겨도 간단히 레이저로 치료할 수가 없다. 회복이 더디고 완치를 기약할 순 없어도 약을 바르는 수밖에 없다. 동생의 발등에 물혹이 생긴 적이 있었다. 정형외과에 가니 주사기로 혹 안에 있는 물을 뽑아내기만 하면 된다고 했다. 그러나 우리는 결국 포기할 수밖에 없었다. 아픔을 동반하지 않는 엑스레이나 엠아르아이를 찍는 것도 쉽지 않다. 가만히 자세만 유지하고 있으면 되는데 어찌나 겁이 많은지 자꾸만 기계 밖으로 뛰쳐나오려고 하기 때문이다.

학교에서 만나는 아이들도 사정은 마찬가지다. 한 아이가 가구 모서리에 찍혀서 꽤 크게 다친 적이 있다. 다행히 병원에선 상처가 깊긴 하지만 부분마취만 한 후 간단하게 꿰매면 된다고 했다. 그러나 아이에게 그 시간과 고통은 참을 수 없는 분량이었다. 어지간한 성인보다 덩치가 더 큰 아이를 힘으로 붙잡고 있을 수도 없었다. 결국은 벌어진 상처가 자연적으로 붙을 때까지 약을 바르고 신경 써서 관리를 해 주는 것이 최선이었다. 만약 상처가 조금이라도 더 깊거나 출혈이 심했다면 그 아이도 전신마취를 한 후 상처를 치료할 수밖에 없었을 것이다.

눈에 다래끼가 나거나 피부에 염증이 생겼을 때도 마찬가지다. 병원에서는 살짝 절개한 후 염증을 짜내기만 하면 된다는데 우리 아이들의 경우는 그리 간단하지가 않다. 미용을 목적으로 하는 시술은 고사하고 상처나 질병을 치료하기 위한 간단한 시술조차도 우리 아이들에겐 큰 수술이 되어 버리곤 한다.

이뿐만 아니라 병원의 냉소적인 태도나 거절로 인해 치료를 포기하는 경우도 많다. 물론 대부분의 의사 선생님과 병원 관계자분 들이 친절하게 설명도 해 주시고 마음의 준비를 할 수 있도록 기다려 주신다. 또 불안해하면 달래 가며 진료를 봐 주시기도 한다. 그러나 단칼에 거절하는 병원도 많다. 이런 식이면 진료를 볼 수 없다고 으름장을 놓거나 자기 병원에서는 치료가 불가하니 다른 병원에 가 보라는 말로 보호자와 장애인 당사자에게 퇴짜를 놓기도 한다. 이런 경험을 몇 번 하고 나면 어지간히 아픈 것이 아니고서는 병원에 데려가고 싶지 않게 된다.

또다시 의문이 생긴다. 새로 개발되는 도시마다 어린이 병원은 우후죽순으로 생겨나는데 왜 장애인 전담 병원은 찾기 힘든 걸까? 역시나 시장의 논리에 치인 것일까? 간단한 치료도 힘들어서 병을 키워 큰 수술을 할 수밖에 없는 고충도 안타깝지만, 이마저도 감당해 주는 병원이 많지 않다는 현실이 참으로 서글프다.

우리나라는 의료선진국이라는 평가를 받고 있지만 이면은 있다. 정말 의료선진국이라는 명성답게 모든 이들이 쉽게 병원을 이용하고 적절한 치료를 받고 있을까? 내 동생을 비롯한 수많은 장애인들과 그들의 가족들이 오늘도 병원의 문턱에 걸려 넘어지고 있다.

환영받지 못하는 학교

언젠가 길을 걷다가 우연찮게 한 국회의원의 선거용 현수막을 본 적이 있었다. 주요 공약들이 적혀 있었는데 그중 가장 큰 글씨로 적혀 있는 공약이 '국제학교 설립 추진'이었다. 모르긴 몰라도 국제학교를 설립하면 여러 기업을 유치할 수도 있고 집값 및 상권에도 호재가 될 수 있기에 공약으로 내세우는구나 싶었다. 실제로 지역 커뮤니티를 뜨겁게 달굴 정도로 해당 지역 주민들이 염원하는 일이기도 했다.

그리고 이와 참 대조적인 학교도 있다. 선거용 공약이 되기는커녕 지자체와 교육부에서 설립이 결정되어도 지역 주민들의 거센 항의와 반대에 부딪혀 쉽게 만들어질 수 없는 학교.

학부모들이 무릎을 꿇고 욕을 들으며 지켜 낸 학교. 바로 우리 아이들이 다니는 특수학교다. 이 땅에서 살아가는 아이들이 다니는 똑같은 학교인데 어떤 학교는 환영받고 어떤 학교는 거절당한다.

특수학교 설립을 반대하는 지역 주민들은 말한다. 아픈 아이들이 자신의 집 앞에 왔다 갔다 하는 것이 싫다고. 아픈 아이들이 오가는 게 그렇게 싫다면서 환자들이 드나드는 병원은 무슨 수를 써서라도 자신의 집 앞에 지으려고 한다. 어떤 사람들은 말한다. 장애인 시설이 동네에 들어오면 집값이 떨어진다고. 당연히 객관적인 지표는 없다. 교육부의 조사에 따르면 특수학교 인접 지역이 비인접 지역보다 더 오른 곳은 있어도 떨어진 곳은 없기 때문이다. 결국은 그들이 주장하는 내용에는 증거도, 논리도, 사실도 없다. 그렇다면 오직 그들의 편협한 시선과 보이지 않는 혐오만이 존재하는 것 아니겠는가.

사정이 그나마 나은 편이라고 하는 큰 광역시도 여전히 특수학교가 부족한 실정이다. 통학부터 문제다. 아이들은 잠에서 깨지도 못한 채 버스에 올라타 한 시간이 넘도록 여러 동네를 거쳐 학교로 오게 된다. 비장애 아이들 중에서 한 시간이 넘도록 버스를 타고 학교에 가는 경우는 과연 얼마나 될까? 학교의 교육 방침이나 교육과정을 비교해 가며 자신에게 맞는 학교를 선택한다는 것은 특수학교에 다니는 아이들에게는 꿈같은 이야기다. 특수학교 자체가 없는 지역이 수두룩한 데다 있다 하더라도 시에 한두 개가 전부인 상황이다. 아이들에게 주어진 선택지는 없다.

이 세상에는 다양한 학교가 존재한다. 외국인학교, 국제학교, 대안학교, 특성화학교, 특수목적학교, 종교학교, 특수학교. 저마다 다양한 목적을 가지고 설립되어 운영되고 있다. 그리고 아이들은 헌법에 보장된 교육의 권리에 따라 자신에게 적합한 학교에서 교육을 받고 있다. 그런데 어떤 학교는 호재로, 어떤 학교는 악재로 취급된다. 아이들이 있는 모든 학교는 환영받아 마땅하다. 학교마저 시장 논리로 나누어지는 현실이 참으로 슬프고 우리 아이들에게 미안할 뿐이다.

얼마 전 충북에 새로운 특수학교가 설립된다는 발표가 있었다. 서울서진학교 설립 과정에서 일어난 일, 장애 아이를 둔 학부모들이 무릎을 꿇었던 그 일이 충북에서도 똑같이 일어나지 않을까 염려되었다. 하지만 이러한 걱정이 무색하게 해당 지역의 커뮤니티에는 따뜻한 글들이 올라오기 시작했다. "아이들이 불편하지 않도록 실용적이고 이쁘게 잘 지어지길 바랍니다." "정말 좋은 소식입니다." "아이들을 위한 재활병원도 생긴다던데, 이러한 시설이 많아야 살기 좋은 도시라고 생각합니다." "아이들이 차별 없이 웃으면서 살 수 있는 도시가 되었으면 좋겠어요." 보는 나까지 마음이 따뜻해졌다.

설립될 학교의 종류에 따라 전혀 달랐던 반응들, 그리고 똑같은 특수학교 설립에 대한 정반대의 반응들을 계속해서 곱씹어 본다. 정말로 모든 아이들이 차별과 혐오가 없는 환경에서 학교를 다니고 있을까? 학교를 지역사회의 수익과 손실로 점수 매기고 있는 것은 과연 어떠한 존재들일까?

에필로그

"샘, 시험 끝났어요. 지금 샘 보러 갈게요!"

몇 주 전부터 기말고사가 끝나면 선생님을 보러 오겠다고 약속했었지. 선생님이랑 이야기하고 싶고, 선생님들 얼굴도 보고 싶다고. 그런데 하필 당일에 학교에서 코로나 확진자가 나왔고 선생님은 너의 기대를 꺾을 수밖에 없었어.

"오늘 오면 안 될 것 같아. 학교에서 확진자가 나왔어. 선생님이 나중에 다시 전화할게."

그게 너와의 마지막 통화가 될 줄 몰랐어. 언제나 그랬듯이 이틀 뒤면 또 선생님에게 전화를 할 줄 알았거든. 그로부터 나흘 뒤 걸려온 전화에 선생님은 목 놓아 울 수밖에 없었던

다. 분명 며칠 전에 통화를 했는데 네가 이 세상에 없다니. 정말 말이 안 되잖아. 그렇게 작은 것에 기뻐하고 웃음이 많던 네가 그런 선택을 할 리가 없다고 생각했는데, 장례식에 다녀오고 나니 조금은 실감이 나더구나.

선생님을 많이 보고 싶어 했다던 어머니의 말에 샘은 우리 공주에게 너무너무 미안했어. 그날 교문 밖에서라도 만나서 이야기를 했다면, 다시 전화를 해서 미주알고주알 이야기를 주고받았더라면 네 외로움과 불안감이 조금이나마 줄어들지 않았을까 하고 말이야.

선생님이 정말 미안해. 돌이킬 수 없는 상황이 되고 나서야 네 외로움과 불안감을 돌아본다는 게 참으로 어리석고 무능력한 것 같구나.

우리 공주는 선생님한테 쓰는 편지마다 사랑한다는 말을 빼놓지 않고 써 줬는데, 정작 선생님은 우리 공주에게 사랑한다는 말 한마디 못 해서 미안해. 카톡으로라도, 전화로라도 그냥 사랑한다 한마디 해 줄걸. 선생님이 되게 비싼 척 굴었다, 그치?

2~3일에 한 번씩 걸려 오는 너의 전화를 가끔은 귀찮아해서 미안해. 학교에서 있었던 기쁜 일, 슬픈 일을 제일 먼저 선생님한테 알려 주고 싶어서 전화했을 텐데, 그 마음도 몰라주고 성의 없이 대답했던 것 같아 그것도 너무나 미안해. 다시

전화가 걸려 온다면 온 마음을 다해 받을 수 있는데. 이것도 참 바보 같은 생각이구나.

선생님이 다시 웃고 떠들고 일하고 일상으로 돌아와서 미안해. 네 장례식에 다녀오고 나선 며칠 동안 잠도 제대로 못 자고 뜬금없이 눈물이 나고 그랬는데, 참 간사하게도 그게 오래가진 않더라. 너와 부대끼며 지낸 시간은 2년이 넘는데 2주도 채 안 돼서 선생님은 다시 웃고, 먹고, 자고, 사랑하는 사람들과 그렇게 일상을 살아가고 있어. 벌써 우리 공주를 잊고 살아갈 때가 많아서 미안해.

그리고 우리 공주가 좋아했던 선생님들, 그리고 친구들에게 이 소식을 알리지 못해서 미안해. 마지막 가는 길, 네가 좋아했던 사람들 속에서 보내 줬어야 했는데, 아직도 선생님은 이 소식을 말하지 못했어. 차마 입이 떨어지지 않더라. 네가 진짜 여기에 없다는 사실을 선생님이 아직 제대로 받아들이지 못했나 봐. 조금만 더 시간을 줄래? 돌아오는 네 생일날, 우리 공주가 좋아했던 선생님들과 함께 네가 있는 곳으로 갈게. 그때 보자 공주야.

선생님은 우리 공주가 좋은 곳에 갔을 거라고 확신해. 네가 한 선택은 참 마음 아프고 다음에 만나면 혼내 줄 거지만, 네가 많이 아팠으니까. 너의 의지가 아닌 장애와 질병으로 인해 일어난 사고였다고 생각하거든. 그러니까 거기서는 아프지 말고 사랑 많이 받으면서 행복하게 지내고 있어. 알겠지?

　다음에 선생님 만나면 그땐 선생님이 사랑한다는 말도 해 주고, 수다쟁이 우리 공주가 하는 이야기에 수백 번, 수천 번 맞장구쳐 주고 할 테니까, 그때까지 선생님 지켜봐 주고 기억해 줘. 선생님도 우리 공주 계속 기억하면서 지금 선생님에게 맡겨진 동생들 잘 길러 내 볼게.

　선생님이 미안해.

○

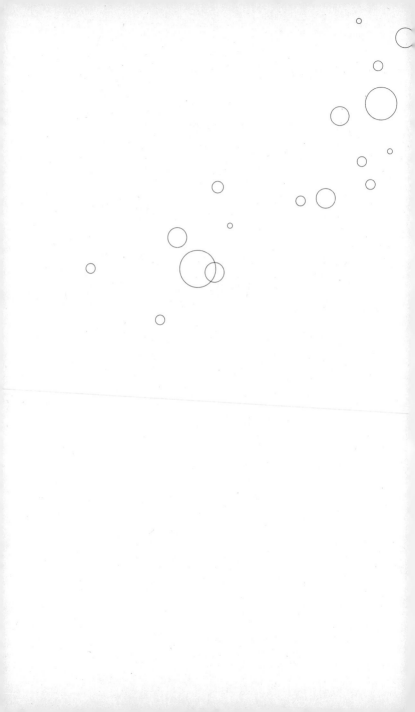

텀블벅 후원자 명단